もし私が人生をやり直せたら

キム・ヘナム 著
岡崎暢子 訳

ダイヤモンド社

もしも人生をやりなおせるなら、
こんどはもっとたくさん失敗したい。
よけいなチカラをぬいて、いつもリラックスして暮らす。
そして、おかしなことをたくさんする。
もうなんでも深刻にうけとめることはやめる。
チャンスがあればなんどでも挑戦する。
もっとどんどん旅に出て、
もっとたくさん山に登り、もっといろんな川で泳ぎたい。
すきなだけアイスクリームを食べ、
むりして豆ばかり食べるのはよそう。
きっといまよりも問題は増えるかもしれない。
でも、頭の中だけの心配事は減るだろう。

『もしも人生をやりなおせるなら』
（ナディーン・ステア著、かみひこうき訳、ディスカヴァー・トゥエンティワン）

はじめに

パーキンソン病が私に教えてくれたこと

私の患者に、仕事も恋もうまくいかず、「何かしようにも恐ろしくなって尻込みしてしまう」と言う女性がいました。ある日、彼女がこんなことを尋《たず》ねてきました。

「この仕事が私に合うと思いますか？　もし、就職して後悔したら？　何かミスしてしまったら？　いっそ就職しないほうがいいんじゃないでしょうか」

訴えかけるような目をした彼女に対し、私はこう答えました。

「占い師でもあるまいし、私にもわかりませんよ」

「百も承知です。だけど、助言のひとつくらいしてくださってもいいでしょう？」

はてさて、もしその仕事に就くべきだと私が助言したとして……。本当に彼女はその通りに行動するでしょうか？　とてもそうは思えません。彼女はこれまでの数カ月間、手も足も出せずにいたのです。その間、私は少しでも背中を押せたらという思いから、「どんな選択をしたとしてもうまくやっていけるのだから、勇気を出して、まずは一歩踏み出してみましょうよ」と言い続けてきました。

道を誤るかもしれないと、その一歩が踏み出せない彼女の気持ちがわからないわけではありません。すでに何度も失敗を経験してきた彼女が、とても疲弊してしまっていることもわかっていました。しかし確かなことは、思い悩んで足踏みをしている間にも、時間だけはどんどん過ぎていくということです。だからその選択が正しいか否かの判断よりも、まずは行動し、選んだ方向に一歩踏み出すべきです。そうやって経験してみないと、自分に合うのかどうかもわからないからです。

仕事に家事に育児に、必死に生きてきた自分がなぜ？

実は私にも、踏み出す勇気が持てない時期がありました。２００１年、42歳でパーキンソン病の診断を下された直後のことです。

パーキンソン病とは、手足が震え、筋肉がこわばって体が硬直していくといった症状が見られる神経変性疾患です。ゆくゆくは、歩行や発話が困難になるほか、字を書くことや表情を浮かべることもままならなくなるとされています。パーキンソン病の症状について、ロープできつく縛られたまま動けと言われているようだと形容した人がいるくらいです。

医師という仕事柄、この病について熟知してはいましたが、パーキンソン病にはいまだこれといった治療法がありません。ただ投薬で病気の進行を遅らせるだけです。

そんな病が私に訪れるなんて……。あまりの仕打ちに、この運命を恨みました。

パーキンソン病患者に訪れる試練に、果たして自分が耐えられるのかを恐れて次第に何ごとにも手をつけられなくなり、ただベッドに横たわって天井だけを見つめる日々が続きました。


「これでは、人生があまりにももったいない」


そうして1カ月ほど過ぎたある日、急に悟ったのです。絶望して寝たままでは、何も変わらないということを。幸いにも病気は初期段階で、できることはまだまだたくさんあったのです。

「こんなことじゃダメになる」。そう思い直してベッドから起き上がって1日を過ごし、さらに1カ月、そしてまた1カ月――。そうやって今日まで生きてきました。健康管理を第一にしてきたおかげか、まだ認知症の症状も現れておらず、思考力にも問題がなく、うつ症状も軽微で済んでいます。当然、体の状態は悪化の一途ではあるものの、その進行もゆるやかなほうで、こうして本も書けています。

私がパーキンソン病を患っていることを知ると、たいていの人は「お気の毒に」といった表情を浮かべます。働き盛りの年頃にとんでもない病気にかかったものだとでも言いたげなのですが、私は一向に構いません。病気はすでに私からたくさんのものを奪い去り、いずれは知的能力までも奪っていくのでしょうが、今からそれを思い悩んでも仕方がないことですし、だから心配もしないのです。それに心配だけに時間を費して過ごしては、人生があまりにももったいないでしょう?

目の前にあるトイレに行くのに5分以上かかることもあるし、体が硬直して寝返りを打つにも誰かの助けを借りることもあります。だからといって24時間ずっと痛いわけではありません。苦痛と苦痛の間には必ず痛みが和らぐ時間があり、薬が効いて思い通りに動ける時間もあります。私はいつも、その時間に何をするか思いを巡らせながら苦痛に耐えています。そして動ける時間になると、運動をし、友人とおしゃべりをし、散歩をし、おやつを作ったりして人生を楽しんでいます。きっと病気じゃなかったら、今のように時間を大切にしていなかったとも思います。

私がとても後悔していること

先日、ある人に尋ねられました。

病のために手放さざるを得なくなった夢（アメリカに留学して精神分析の勉強を究め、生涯医師の仕事を貫くという夢）に未練はないのかと。「もう30年も医師生活を送ってきたので十分です」と答えると、その人が問い返しました。

「それじゃ、後悔はしていないのですか？」

振り返ってみて、後悔がないなんてことはありえません。しかし、生きていく上で心配が大して役に立たないように、後悔もまた役には立たないものです。それでも、１つだけ私が後悔していることがあるとすれば、人生をあまりにも「宿題をこなすように送ってきたこと」です。

医師として、母親として、妻として、嫁として、娘として生きながら、いつも義務と責任を負い、どうにかしてすべての役割を完璧にこなそうと苦労してきました。私がいなければ回らないという思い込みの中で、必死に前だけを見て走ってきたのです。そのせいで、本来享受すべき人生の楽しみがあることにも気づかずにいました。子育ての喜びも、患者を診る時のやりがいも、まともに満喫することのないまま生きてきたのです。

だからこそ、これからはそうならないようにありたい。

何事も完璧にやり遂げようとする欲望を手放し、放りっぱなしだった自分自身を大切にしながら生きようと決心したのです。

コンディションがいまひとつの時は、忙しさにかまけて先延ばしにしていたことをしながら1日を楽しく過ごそうと心がける。時にはあまりの激痛にすべて投げだしたくなるけれど、それでも構わない。

痛みに苦しむ私の手をぎゅっと握ってくれる人たちの存在も私に力をくれます。

そして何よりも、私にはやりたいことがまだまだ山ほどあります。病気から余儀なくされた引退でしたが、仕事を辞めてからというもの、また別の新たな世界が広がったのです。

やりかけていた中国語もきちんと学びたいし、アッと驚くようなおいしい料理で皆をもてなしたい。国内の海岸線をくまなく回りたい。この本で公開した私のバケットリスト（296ページ参照）は10個しかありませんが、私の心の中にはまだまだたくさんのリストがあります。今、この瞬間にも夢を見続けているおかげか、生きていることが楽しくて仕方ありません。

この先、病気が進行して本を書くことができなくなったとしても、その時々でできることを探しだしながら楽しく生きていきたい。どうせ生きるのなら、楽しく生きていくほうがいいでしょう？

キム・ヘナム

もし私が人生をやり直せたら

chapter 1

30年間、精神分析専門医として働いてわかったこと

chapter 2

患者たちに言えなかった、今だからこそ話したいこと

chapter 3

パーキンソン病の私が、楽しく生きている理由

chapter 4

40歳で知っておきたかったこと

chapter 5

もし私が人生をやり直せたら

chapter 1

30年間、精神分析専門医として働いて わかったこと

人生は、いつ、どこからでも変えられる

「パーキンソン病です」

医師からそう告げられたのは、2001年2月、愛の電話福祉財団でのセミナーの仕事が入っていた日の午前中のことでした。殴られたみたいに目の前が一瞬真っ白になりましたが、それでも午後の仕事を急にキャンセルするわけにもいきません。やっとの思いでセミナーを終えて帰りのタクシーに乗り込んだ途端、ぽろぽろと涙があふれてきました。

パーキンソン病は、ドーパミンという神経伝達物質を作り出す脳組織の損傷による神経変性疾患です。振戦《しんせん》（手足などの震え）、筋肉や関節のこわばりのほか、寡動《かどう》（動きの鈍さ）や発声困難などの症状が見られ、65歳以上の高齢者に多く発症する疾患として知られています。闘病中のマイケル・J・フォックス、元ローマ法王ヨハネ・パウロ2世や世界的ボクサーのモハメド・アリ、俳優のロビン・ウィリアムズなどの著名人もこの病と闘っ

ていましたね。

それにしても、42歳でパーキンソン病を発症するとは、運命とはなんと残酷なのでしょうか。ドーパミンが減少するパーキンソン病は、進行するとうつ病や認知症、被害妄想などの症状まで伴います。この先、私にもそんな試練が訪れることになるなんて、とても信じられませんでした。

それ以上におぞましいのは、いまだこの病に根本的な治療法がないこと。患者は発症後15~17年で障害が深刻化するか、衰弱または合併症で天に召されるしかありません。医師の告知を受けた時、私の人生も60歳に届かないかもしれないと思い、絶望しました（※1）。

もし余命宣告を受けたら、医師は何を考えるのか？

パーキンソン病だと診断されたのは、自分の病院を開院して1年にも満たない頃でした。

※1　症状や経過には個人差があり、適切な対応をすることによって病気の進行を緩やかにすることもできます。また、パーキンソン病が直接の原因で亡くなることはありません

難産の末に生まれた子どもたちの子育ても一段落し、ようやくこれからという時。どうしてこのタイミングなんだろう？　いずれ子どもたちを連れてアメリカに渡り、精神分析の学問を究めたいと希望に胸を膨らませていたというのに、それがそんなに大それた夢だったのでしょうか。中学生と小学生の子どもたちはこの先どうなるのか……。

私の職業が医師でなければ、パーキンソン病のこともよく知らず、診断結果にもそこまで動揺することもなかったかもしれません。

しかし私は医師であり、パーキンソン病についてあまりにも知り過ぎていました。これからの自分の姿がありありと想像できたし、その想像がまた私をふさぎ込ませました。そうやって何もしないまま1カ月間ベッドに横たわり、ただひたすら天井を見つめて考え事を繰り返しました。

それまでは、もし自分が難病だと宣告されたとしても、医師として毅然とした態度でいられると思っていました。医師だからこそ理性的に判断でき、現実を素早く受け止めることができると考えていたからです。現実を恨んでメソメソしたところで、病が消えるわけではありません。

しかし、実際はそんなきれいごとでは済みませんでした。納得もできなければ、現実を受け止めることもできない。ただ運命を恨むだけです。そのうち、気持ちがどんどん行き詰まっていき、このまま死んだほうがましだとすら思うようになっていました。

それほど思いつめていた時でした。急に我に返ったのです。

「こんなにふさぎ込んで何が変わるっていうの？　私は私のままじゃないの。変わったことと言えば、未来が不透明になったことと、生活が少し不便になったことだけ。それなのにまだ訪れてもいない未来を悲観してばかりいるなんて、大切な今を台無しにしているだけなんじゃないの？」

その当時は、ペンを握って文字を書くことに苦労したり、疲れが出ると右足を少し引きずったりすることはあるものの、日常生活や患者たちの診療は休憩を挟めば十分可能な状態でした。そのくせ、まだ何もわからない未来に絶望してベッドにいるだけなんて。

診断が下るまで、自分はＡＬＳ（筋萎縮性側索硬化症）ではないかと疑っていたのです。もしＡＬＳだったら、余命は5年ほど。それを思えば、まだ運が良かったと思うべきでしょう。パーキンソン病もまだ研究中であり、今後治療法が開発される可能性だって十分にありえます。現状、私の脳のドーパミン分泌細胞の8割が消えているそうですが、まだ2割は残っています。つまり、努力次第では病気の進行を遅らせることだってできるはず。私はベッドを出て病院を再開させました。患者を診療し、セミナーも行い、家事や育児にもいそしむ日常に戻っていったのです。

もしもあの時、人生を恨みながら過ごしていたら

そのうち、驚くべきことが起きました。ドーパミン作動薬の治療効果はたいてい3年程度とされていますが、私はその薬でなんと12年も持ちこたえたのです。２０１３年、次の段階の薬であるレボドパに移行するまでの話です。おまけに私はその12年の間に、診療とセミナーを続けながら5冊の本を執筆しました。幸いなことに、認知症の現象もまだ起きておらず、うつ症状もごく軽微です。

もし12年前のあの時、ベッドに横たわったまま、病気と人生を恨みながら過ごしていたならどうなっていたでしょうか。きっとすぐに体がこわばり不自由になったでしょうし、認知症も進み、うつ病の沼にもはまってうつろな日々を送っていたことでしょう。何より、私自身、この場に存在していなかったかもしれません。

生きていれば想像もしなかった不幸に見舞われることもあります。その運命を避ける方法は残念ながらありません。しかし、もしそうなってしまった時、その後の時間をどう過ごすかは、自分の心持ちひとつにかかっています。私の過ごした12年がまるで違う結果を運んできたように。これこそが、私がパーキンソン病だと診断されたことで得た、人生の真理です。

どんなに準備しても、「完璧な時」は決して来ない

1987年、イスラエルの少年タル・ベン・シャハーは、16歳にしてスカッシュ（四方を壁に囲まれたコート内で、小さなゴムの球を打ち合う室内球技）の国内最年少チャンピオンになります。優勝した瞬間は興奮して幸せの絶頂にいたものの、そうした高揚感はその日の晩には嘘のように消えていました。

スカッシュがイスラエルを代表するスポーツでもない上、競技人口も数千人程度。そんな環境での優勝など大したことではないと思えたからです。

数週間後、彼は世界チャンピオンを目指してイギリスへ立ちます。一刻も早く世界一になろうと猛特訓に励み、その甲斐あって、1年後にはメジャーなジュニア選手権大会の決勝にまで勝ち上がります。ところが決勝当日、手足にけいれんが起きて、世界一まであと一歩というところで実力を発揮することなく敗退します。絶対に負けられないというプ

レッシャーと不安に押しつぶされたのです。さらに彼の試練は続き、それまでの無理がたたって、結局、プロアスリートの道を断念することに。それでも、「何事も徹底的にやり遂げなくては気が済まない」という彼の完璧主義者の傾向は、引退後に入学したハーバード大学でも変わりませんでした。

優秀な人ほど、失敗を恐れる理由

シャハーは著書『最善主義が道を拓く』（※2）で、大学でのことをこう記しています。

「教授たちが指定した参考書を一語も飛ばさずにすべて読むことに精を出し、レポートでも試験でも最高点しか受け入れまいとしました。この目標の達成のため、私は夜遅くまで勉強し、レポート提出と試験が終わったあとも長いあいだ、もしかしたらしくじるのではないかという不安に悩まされ続けました」

その結果、彼は常に最高の評価を受けているにもかかわらず、不安が拭えず、勉強そのものが嫌いになるのです。

頭では何事も完璧にこなしたいと思っているのに、体も心も疲れ果て、幸せからは遠のく一方。彼は次第にそんな自分自身に耐えられなくなったと言います。しかし、こうした経験が、不幸と不安を研究するきっかけをもたらしたのです。

長年の研究の末、シャハーが得た結果はひとつだけ。

それは「完璧への執着は、失敗を極度に恐れさせ、何としても避けようとさせる。そして、現実を自分の思い描く完全無欠の理想に当てはめることで、さらに不安が増し、人生が疲弊していく」ということでした。

自らの経験をベースにした心理学（ポジティブ・サイコロジー）を研究した彼は、ハーバード大学で授業を受け持ち、学生たちに「私みたいな不幸な完璧主義者になるな」とアドバイスしています。

完璧主義を捨てたとしても、それで人生が崩壊することもなく、かえって人生を楽しみながら生きられるのだと説き続けているのです。

※2　邦訳版は、田村源二訳、幸福の科学出版

「生きる楽しみ」を知らない人の共通点

私はシャハーのこの考え方に心から賛同します。失敗やミスを許せない完璧主義者は、「生きる楽しみ」を知らない人たちなのです。日々、高い目標を達成するためだけに1日を捧げているなんて、なんだか、遊びたくても遊べない試験前の学生のようですね。おまけに完璧主義者の彼らはその試験も毎回100点じゃないと気が済まないため、「人間なんだから、間違えることもあるわよ」などといった励ましはまるで通用しません。

完璧主義者の彼らは、失敗したくないので入念な準備を心がけます。大学入学前には授業の予習を、就職前には会社で求められそうなことを、母親になる前には母親が知っておくべきことを把握しておこうとするのです。

石橋をたたくことは何も悪くありません。しかし、明日何が起こるかもわからないのに、すべてを予測して未然に防ごうというのは不可能でしょう。こうした完璧主義者の中には、無限にある可能性の前で右往左往し、準備だけに追われてしまう人も少なくありません。その結果、肝心なところで一歩も踏み出せないのです。

ここによい例があります。韓国の自動車運転免許証の筆記試験は、100点満点中60点以上なら合格です（※3）。その時に、「絶対に満点を取れるように勉強しよう」とする人と、

「とりあえず60点を取れるように勉強しよう」とする人とでは、当然勉強の取り組み方は違ってきます。ここで重要なのは、筆記試験は60点さえ取れれば合格だということです。ですから、ひとつでも間違えたらダメだと緊張しながら試験勉強をする必要などないのです。

人生もこれと同じです。どんなに準備しても「完璧な準備」などありえません。就職するために会社が新人に望むスペックをすべて満たしてからと考えているといつまで経っても就職できないでしょうし、マイホームと一定額の貯金がないと結婚できないと考えていても婚期を逃すだけです。だからこれからは、完璧に仕上がる時を待つのではなく、6割満たしていれば十分だと考えて一歩踏み出してみてください。

人生はいつも「決定的瞬間」

以前、ある後輩が深いため息をつきながら、私にこう訴えました。

※3　韓国の2種免許（普通自動車運転免許）の場合

「うちは、足りない物だらけなんです」

バタバタと結婚したので新居に必要な物がそろっていないとのことでした。その上にお金もなく、茶碗ひとつだって買おうとすると高いのだとこぼす彼女に、私はこんなことを伝えました。

「ウチもお金の心配は尽きなかったけど、のんびりと、ひとつひとつ買いそろえながら生活を満たしていくのはとても楽しかったわよ」

しゃもじがなくてスプーンでごはんをよそっていたこと、果物ナイフがなくて大きな包丁でリンゴを剝いていたこと、さんざん迷った挙句に安物を買って後悔したこと、思い切って高価なソファーを買ったらホコリがすごくて頭の痛い思いをしたこと……。暮らしを便利にしようと組み立てていくエピソードは抱えきれないほどありました。そもそも、家具が足りなくても茶碗が足りなくても死んだりしません。

おまけに、後日、しゃもじを買った時も果物ナイフを買った時も、なんだか誇らしい気持ちになったものです。空いたパズルのピースをひとつずつ埋めるように、必要な物を買いそろえるたび、自分たちの力で何か成し遂げたような達成感がありました。生活を整えていくとはこういうことなのかなと、あの時、肌で感じたものです。

そして彼女へこうも言いました。

「最初から全部そろえようとしても大変だし、完璧だと思っても、後からまた必要になる物も出てくるし。だから、何でも少しずつそろえていけばいいのよ」

20世紀を代表するフランスの写真家、アンリ・カルティエ＝ブレッソン。『決定的瞬間』(The Decisive Moment) という写真集でよく知られていますが、その原題は「Images à la Sauvette」、消え去るイメージ、逃げるイメージというものだそうです。まさに決定的な一瞬を写真にとらえたということでしょう。人生とはまさに、どの瞬間も決定的瞬間です。

だから私は、完璧に仕上がる時を待ったりしません。

私の人生は、いつでも隙間だらけで、その隙間を埋める楽しさで生きてきたし、これからもそうするつもりです。私は行きたいところに行きます。たとえ準備不足だって構いません。歩みながら埋めていけばいいのだし、そのすべての瞬間が、決定的瞬間なのですから。

深夜、トイレで気づいた人生の真理

治療薬のレボドパを飲み始めて10カ月目の２０１４年１月３日の朝のことでした。出勤の支度をしていて、いつもと様子が違うことに気づきました。これ以上の診療を続けることは難しいかもしれないと思い、患者さんたちには１カ月間の休診願いを申し出ました。子どもたちの育児に追われても一度たりとて休んだことのなかった病院の仕事を、とうとう断念したのです。

その日を境に転がるように症状が悪化したため、結局は病院を閉めて、体質改善と療養を目的にソウルより温暖な済州《チェジュ》島へ向かいました。

自然豊かな善屹里《ソヌリ》地区にある小さな家に、ひとりで寝泊りして治療に専念し始めると、急に空気の良いところに移ったおかげなのか症状が好転しました。しかしそれもほんの一時的なもので、次第に体を動かすことにも苦労するようになりました。

ほんの1㎝、足を前に出したくてもできない

レボドパの薬効時間は3時間ほどしかないため、1日の大半は横になったまま投薬の時間を待つだけ。薬効が薄れてくると自律神経が乱れて心拍数が120を超え、玉のように汗が噴き出して日に3度の着替えを強いられます。

体の自由がきかず、寝返りもままならない。布団がずっしりと重く感じられて、脚を伸ばそうにも思い通りにいきません。ほんの1㎝、足を前に出したくてもこわばってできないのです。こうしたパーキンソン病の症状について、「ロープできつく縛られたまま動いてみろと言われているようだ」と描写した人がいたのですが、まさにその通りで、実際に経験すると苦痛以外の何物でもありません。

中でも大変なのが、トイレです。パーキンソン病患者はトイレが近くなるのですが、夜も例外ではありません。ようやくうとうとしてきたかと思えば、急にもよおしてきてトイレに行っては目が覚めて、また1、2時間うとうとしたら再びトイレに行くということの繰り返しです。

あの日も同じでした。夜中の1時ごろだったか、尿意を感じて目が覚めました。なんとかベッドから這い上がり、トイレに向かって歩き出そうとした瞬間、体が前につんのめり、

転倒しそうになりました。自分の足なのに、思いどおりに動いてくれないのです。

汗びっしょりになりながらトイレに向かっては転び、いっそこのままここにへたり込んで用を足してしまおうかとすら思ったほどです。みじめで悔しい気持ちと同時に、この家に自分の他に誰もいないということも私を絶望させました。しかし、私にも大人としてのプライドがあります。

ふと、目指すべきトイレのドアを見つめていた目線を、自分の足元に落としました。そしてそのまま自分のつま先を見つめたまま、一歩……、もう一歩……と、少しずつ前に動かしてみました。すると不思議なことに足が動いたのです。そうやって一歩ずつ交互に足を出していったところ、いつしかトイレまでたどり着いていました。いつもなら2秒で行けるところを、その日は5分以上かかっていました。それでも無事に用を足すこともできたのだから、これはもう十分、合格と言っていいでしょう。

「なるほど。確かに、一歩ずつ、なのよねえ」

遠くの目的地だけ見て歩くのではなく、今いるこの場所で、足元を見つめながら、まず一歩、踏み出してみる。これが始まりであり、すべてなのです。そうやって一歩一歩と歩《ほ》を進めていけば、いつしか目的地に到達している自分に出会えるはず。

「道が間違っていたら、どうしたらいいんですか？」

「先生、一歩ずつ足を動かすことは難しくありません。ですが、もしその道が間違っていたら？　一生懸命歩いてきたつもりが見当違いのところに到着していた時は、どうすればいいんですか？」

こんな不安を訴える患者さんがいました。私が数年にわたり治療を担当してきた方ですが、今回の閉院にあたって別の医師を紹介したところ、泣きながら電話をかけてきてこう訴えたのです。

「その新しい先生は私に合うんですか？　私を助けてくれる方なのでしょうか？　もし違っていたら、どうすればいいんでしょうか？」

それは私にもわからないと答えました。その患者さんと医師の相性なんて、彼らが実際に顔を合わせてみない限りわかりません。私のせいでこうなった以上、できるだけその方と相性のよさそうな医師を紹介したつもりですが、私の見当違いだってありえます。

「もし、その先生と合うようならそのまま治療を受ければいいし、合わない時は、別の先生を探したらよいでしょう。それよりも、今みたいに泣きながら何もしないことのほうがあなたの症状によくありません。今回のことは本当に申し訳ないのですが、私もこれ以上診療が続けられない状態なんですよ」

勇気を出して、一歩を踏み出そう

この道が正しいのか、別の道が正しいのか。人はいつでも選択の岐路に立たされます。それでも確実に言えることは、どんな道であれ、進む道を自分のものにしていくのは自分の務めだということ。例えば結婚相手を選ぶ時だって、相手が自分に本当にぴったりの人なのかどうかは誰にもわからないことです。いざ結婚してみたら恋愛中とまるで違ったということもありえます。それでもその相手を自分の夫、自分の妻に仕上げていくのは自分次第。もちろん、選んだ道が間違いのこともあり、最善を尽くしてもがけっぷちに追い込まれることだってありえます。ですが、それを恐れて一歩も踏み出さないなら、一生何も起こらないままです。

ところで、私の経験上、誤った道というものはありませんでした。失敗したって、そこから学び取れば次から失敗しなくなります。また、その時は道を誤ったと思ったとしても、後になって思えば、逸れた道のほうに新たな学びがあり、人生を豊かにしてくれたこともありました。もちろん、その過程では思い通りにいかない人生に憤りもしましたが、我先にと一目散に目的地にたどり着いたとしても、その喜びを分かち合える人がいないなら、そちらのほうが悲しいじゃありませんか？

最速最短の直線コースで行かねばという思い込みを捨てれば、人はもっと軽やかに動き出せるのです。

さあ、どんな時でも、勇気を持って一歩踏み出してごらんなさい。私はトイレに行くまでに5分以上かかったけれど、到着した瞬間は何とも言えない達成感で思わず歓声を上げましたよ。あなたが誰であれ、どんな状況であれ、一歩踏み出せばきっと感じられるはず。

「勇気を出して本当によかった」と。

誰でも最初は初心者だから

私は40歳を過ぎてから車の運転免許証を取得しました。たいていの人が20代で取る免許をその年齢で取得したことで、「ペーパードライバーなのかと思ってたわ」「つまり今まで車も持ってなかったってこと?」など、当時は好奇心混じりにいろいろと言われたものです。

すぐ上の姉を交通事故で亡くしたせいか、ずっと車が嫌いだったし、免許を取ろうなんてつもりもさらさらありませんでした。そのくせ運転に関しては、みんなやっているんだから簡単なんだろう、自分は運動音痴でもないし、その気になればできるはずと高をくくっていたわけですが……。ところがどっこい、誰にでもできている車の運転がどうしてこうも難しいのか。

ある朝、出勤しようとアクセルを踏み込んだら、「ガリガリガリ!」という嫌な音とともに、タイヤとボンネットの周辺から白い煙がぼわんと立ち上りました。病院に着いてから確認すると、サイドブレーキを引いたまま車を出していたのでした。大事に至らずよかったものの肝を冷やした出来事です。また別の日には、帰宅して車を降りたらトランクが開けっぱなしだったなんてことも……。思い返せばヒヤヒヤの連続でした。そしてとうとう、あわやトラックと接触寸前ということがあってからは、運転することが心底怖くなりました。

運転前は根拠のない自信から当然うまくやれると思っていた私も、度重なる失敗に自分が初心者であることを思い知らされたのです。そこで、せめて小さい事故だけでも防ぎたいと「初心者運転」とデカデカと書いた紙をリアウィンドウに貼って運転することにしました(※4)。その決意も、結局はパーキンソン病の進行に伴って車を夫に返すことになり、水の泡となってしまったのですけど。

ところで、後輩から聞いた話によると、近ごろでは初心者ドライバーであっても、「初心者運転」のステッカーを貼らない傾向にあるそうですね。「運転もろくにできないくせして」と言わんばかりにあおられるケースが少なくないからだとか。「お先にどうぞ」と、

※4　韓国には日本の若葉マークに相当するものがなく、初心者は任意でステッカーを貼るなどしている

謙虚な気持ちでステッカーを貼っている初心者に、一体何の非があるというのでしょうか。今でこそベテランドライバーかもしれない彼らだって、初めからうまく運転できていたわけじゃないでしょうにね？

最初から「うまくやろう」としてはいけない

誰でも最初は初心者です。不慣れだから戸惑いながらやるしかない。

そんなことを考えていたある時、社会人になったばかりの娘が、とんでもないことを言って私をあきれさせました。

「ママはうまくやれてるのに、私は全然できないからムカつくの！」

……まったく、娘よ、私はあなたより30年も長く社会人をやっているのよ。その30年の間に、数えきれないほどの試行錯誤を経たおかげでなんとかやれているというのに、そんな母と自分を比べるだなんて、一体何を考えているのやら。

「あなたが今できないのは当然よ。社会に出たばかりのくせして、どうして30年も先輩の私と比べようとするのよ。ママもパパも、今のあなたの年頃の時は、もっともっとダメ新人だったわよ」

それを聞いて娘の顔にようやく安堵の色が浮かびました。その時ふと思ったのです。なぜ初心者は、自分が初心者であることを忘れて最初からうまく立ち回ろうとするのかと。なぜ、ほんの小さなミスで、すぐに挫折してしまうのかと。

しかしその一方で、雇用している側も問題です。新卒者を敬遠し、即戦力となるキャリア人材ばかりを好む傾向にあるからです。なぜ中途採用にこだわるのかと訊ねると、新人を戦力になるまで育て上げる時間がどこにあるのかと聞き返される始末。どうやら、この国は初心者が冷遇されるほかない社会になってしまったようです。初心者ののろのろ運転を理解し、待ってやろうという時代は遠い昔のものとなってしまいました。

「初心者の特権」をどんどん使おう

それでも私は娘に対し、職場ではむしろ「初心者マーク」を貼って働きなさいと伝えました。

初心者ドライバーは、ハンドルを握って前に進むだけで精一杯、周囲を見渡す余裕もありません。当然、ミスや事故を起こす危険性が高いもの。だからこそ、周囲にアピールすべきなのです。不利に働くこともあるとはいえ、それでも「初心者マーク」を貼っておけば一定の配慮をしてもらえるものです。

職場もそれと同じ。「始めて間もないのでよくわかりません、教えてください」と言いながら、先輩たちにくっついて熱心に学ぼうという姿勢を見せるべきなのです。そうすれば先輩だって何かひとつくらい多く教えてくれるはず。私の経験上、熱心に学ぼうとする後輩を可愛がらない先輩なんか、いたためしがありません。先輩たちだって、つらい新人時代を経てきたわけですからね。

私も例外ではありませんでした。以前、ある患者さんにこんなことを言われました。

「先生も、ずいぶんと変わられましたよ。お気づきでしょう?」

気づかないわけがありません。サイコドラマ(心理劇)(※5)を治療に取り入れたばかりの頃は、理論こそ理解していたものの、経験不足からくる緊張のあまり、患者に対してうまく言葉が続かず苦労したり、カッコいい言葉で語ろうとしてやたら不自然になったり、結局は教科書的な解析だけを繰り返してしまうこともありました。それでも、その患者さんが担当替えもせずに私の治療を受け続けてくれた理由は、ただひとつでした。

それは、「未熟でぎこちなさはあるものの、心から患者を助けたいという真剣な気持ちが伝わってきたから」だそうです。その方も私が初心者だということを十分承知していたのですから、他の患者たちも同じだったはず。

だから皆さんもぜひ、すまし顔をしながら心の中で泣いたりしないで、堂々と初心者らしさを出していきましょうよ。たった一度失敗したくらいで気後れしたりしないで、ただ一言、こう言うのです。

「初心者でわからないので、教えていただけますか？　一生懸命学びます」と。

そしてずっと後になって気づくでしょう、失敗が許されるのも初心者のうちだけだってことを。もし私が新人の頃に戻れるなら、肩肘張ったりしないで、不器用ながらもひとつひとつ学ぶ喜びを享受することでしょう。それこそが初心者マークの特権なのですから。

※5　患者の抱える心の問題について、即興劇を用いて理解を深めていく集団精神療法

ドアがひとつ閉じても、また別のドアが開く

すぐ上の姉が大学入学を目前にして交通事故で帰らぬ人となってから、もう47年が経ちました。

姉を失った悲しみが癒える間もなく、ひと月後には祖母までがこの世を去っていきました。高校3年生になった私は、その悲しみに押しつぶされるもんかと歯を食いしばってがんばりました。いつの日か、姉は歴史学者に、私は医者になろうと誓い合っていたから。姉との約束を果たすためにも、死に物狂いで勉強しなければ。その努力が実って、志望していた医大には入学できたものの、その途端にすべてがむなしくなってしまいました。私の入学を誰よりも喜んでくれたはずの姉がそばにいないこと、そして、私ひとりだけがぽつんと取り残されたことに耐えきれなくなったのです。

思い返せば、その時までずっと、姉を亡くした悲しみの感情を押し殺していました。大

学合格を機に、その感情を溜め込んでいたダムが決壊してしまったのでしょう。大事な姉を一瞬にして奪ったこんな世の中で、生きていて一体何になるのだろうと。完全にタイミング外れとなった悲しみを抱いて、私はさまよい続けました。

「最善策」だけが正解じゃない

すべてが意味のないものに思えていた時、兄のように慕っていたいとこからこんなことを言われました。

「人生ってさ、最善策だけが正解じゃないんだよ。最善策がダメなら次善の策がある。それもダメなら三善《さんぜん》の策もある。歩んでみないとわからないのが、人生ってもんだよ」

姉と一緒に夢見ていた未来が閉ざされたことですべて終わったと思っていたのに、別の道があるのだと。それも無数の道があるのに、人生終わったなんて早々に決めつけるなという話でした。当時は、いとこの助言のすべてを理解できなかったものの、それでもその言葉は私にとって大きな慰めとなりました。

とにかく、まだ終わったわけじゃないんだ。生きるからにはとことん生きてやろう。そう決心した私は、医大の予科と本科の6年間、自分に厳しく過ごしました。インターン課程を優秀な成績で修めた私は、そのまま研修医に選ばれて大学病院で専門医となり、いずれは大学教授になるという青写真まで描くようになっていました。

ところがです。あろうことか、研修医に選ばれたのは別の学生で、大学病院を去ることになったのは私のほうでした。インターン期間中、いつも褒められてばかりいて有頂天になっていただけに、肩透かしを食らった形で、まるで用無しと言われた気分でした。あの時の落胆と絶望は、言葉では言い尽くせません。

仕方なく、大学病院の代わりに国立精神病院（現・国立精神健康センター）を選択したのですが、その見学の帰り道に思わず涙がにじんできました。こんなところで大事な研修医課程を送らねばならないなんて。本来なら、私は大学病院にいるはずの人間なのに。情けない自分に腹が立ち、居ても立っても居られませんでした。

絶望のどん底で見えてきたもの

しかし人生とはまさに歩んでみないとわからないものです。国立精神病院で研修医生活

を送った3年間で、思いがけずたくさんの経験を積むことができました。精神治療の方法にしても、薬物療法に始まり、精神分析やアートセラピー、サイコドラマまでまんべんなく接することができたのです。大学病院にいたら学べなかったであろう貴重な経験ばかりでした。特に当時はまだサイコドラマでの治療が珍しかったため、新しい治療法を取り入れたことで私自身にも注目が集まりもしました。それに留まらず、後々、後輩研修医たちの指導監督も受け持つことになったおかげで、私のほうこそ多くの学びを得ることができました。人に教えられるレベルを満たすために、たくさんの研究論文や事例を勉強しなければならなかったからです。

大学病院への道が断たれた時、私はいよいよ人生が終わったと絶望したものです。しかし、次善の策として選択した国立精神病院で数々の経験を経たことで、自分が何に関心があって、何ができて、この先何をしていきたいかを見極めることができました。

望み通りにいかないのが人生だから

もし大学病院に残っていたら、与えられた道に自分を合わせようとしていたはずです。

つまり私は、次善の道を選んだことで、より多くの可能性を発見し、想像もしていなかったことまで学べたのです。

誰もが、「自分の望み」を必ず叶えたいと思っています。そしてそれにとらわれるあまり、望み通りにいかなかった時に失敗したと嘆くのです。ですがそれは、ひとつのドアが閉じただけ。その時、同時に、また別のドアが開くのです。

ですから、最善策が叶わなかったからと挫折しないでください。いとこがくれた言葉のように、最善がダメなら次善が、次善がダメなら三善があるものだから。それに私のように、次善の道で大きな可能性を発見することだってあるんです。

歩んでみないとわからないのが人生で、振り返ってみて初めてわかるのも、人生なのです。

「他人に振り回される人」と「自分主体で生きる人」の大きな違い

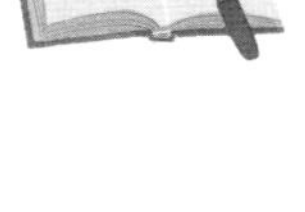

この地球上に、命令されることが大嫌いな生き物が2種類存在するのですが、ご存じでしょうか？　ひとつはアオガエル（※6）で、もうひとつは私たち人間です。

昔話に登場するアオガエルの子どもは、母ガエルが座れと言えば立ち、東へ行けと言えば西へ行くようなあまのじゃくでしたね。人間だって似たようなものです。何かを行う時も、誰かにやらされていると思えば急に嫌気がさしたり、わざとやめてみたり。そろそろ宿題でもやるかと思っていた時に、母親から「宿題しなさい」と言われて途端にやる気が失せた――、経験のある方ならよくおわかりでしょう。

他人から命令されるとやる気が損なわれるのには、理由があります。

人間は、自分の人生の主導権を握りたい生き物だからです。命令されることは、その主導権を他人に奪われるようなものです。だから人は、命令されたりコントロールされたりすることから逃れようとするのです。

成功者が持つ「心の奥底の不満」とは?

事実、自律性は人間の基本的心理欲求のひとつです。人間は、自分の領域を守るため、他人の干渉や侵入を阻止して自らの人生のオーナーであろうとします。人間が生まれて最初にする意思表示もまさに、「嫌だ」と「しない」です。赤ちゃんは、満腹だとどんなに口元にミルクを持っていっても首を横に振ったり、吐き出したりします。やりたくなければ全身で抵抗し、少しでも居心地が悪いと抱きなおせと泣きわめきます。

子育てというのは、言うなれば、こうした自分の思い通りに振る舞いたい子どもを社会の枠に当てはめていく作業なのですが、その過程で過度なコントロールを強いると、子どもの自律性は深刻なダメージを受けます。例えば、親の言う通りにしないと褒めてもらえ

※6 朝鮮半島に伝わる昔話がベース。母親の言うことに逆らってばかりいたアオガエルの子どもが、母親を病で亡くし、最後は遺言通りに川辺に埋葬するという話

ない子どもは、親に対して極度の怒りと愛情を同時に抱くことになり、その感情の間で大きく混乱します。

それでも私たちは、自由に生きなさいと言われて育ってきました。学校や職場も自分で選び、好きなように恋愛し、結婚も自分の思い通りに決めていいと、そんな生き方が正しいと教わってきました。

それなのに、自分が自由に生きていると感じている人はほとんどいません。それは皆、親や学校、社会が良しとする道を選んで生きてきたからです。これは自分の思うまま自由に選んで失敗したらどうしようと怖がってきた結果であり、「本当に自分がやりたかったこと」を考えてこなかった結果でもあるのです。

社会的には成功しているように見えて、腹の中は不満でいっぱいの人もいます。他人の顔色をうかがいながら受け身で生きてきた自分に納得いかないのです。そんな自分のことをさらに誰かがコントロールしようとする時、今以上に他人に振り回されはしないかと、その「コントロール」自体に敏感にならざるをえません。

特に幼い頃に親から抑圧されて育ってきた人は、成長後、他人にコントロールされることに強い反発を見せます。

「あなたの人生なのに、あなたの話がありませんね」

私の患者の中にも、カウンセリングの間中、両親と姑の話しかしない人がいました。由緒ある家柄に嫁いだ嫁としての苦労話までがセットでした。彼女の話はいつも「うちの父が」「うちの母が」「うちの姑が」から始まり、彼らから受けた心の傷や、苦しかった出来事を訴えるだけでカウンセリング時間が終了してしまうのです。彼女の実家も婚家もやたら厳格で、聞いているだけでも息がつまりそうなほどでした。

ですが私が本当に心配したのは、もっと別のことでした。1年以上もカウンセリングを続ける中で、彼女の話の中に彼女がいなかったのです。

「あなたの人生なのに、あなたの話がありませんね。いつでも親たちの話ばかりで」

私は彼女に、彼らの歴史を語るのではなく、彼女自身の歴史を刻んで行ってほしいと告げました。彼らに振り回されたり彼らのせいで何もできないという話ではなく、その中にひとつだけでも、彼女自身の話があってほしいと。それを聞いた彼女は、たいそう驚いた顔をしていました。「親の言いつけ通りに聞き分けよく振る舞うのが正しい姿だと信じて生きてきたのに、その姿を選択して自らを苦しめてきたのもまさに自分だった」ということに、ようやく気づいたようでした。

その後、彼女は、カウンセリング中は親たちの話を少しずつ減らし、代わりに自分がやりたいことを話すようになりました。そして2年が過ぎた頃、彼女からうれしい知らせを聞きました。小さなカフェをオープンさせたというのです。もちろん、実家や婚家との問題が解決したわけでもなく、「うちの娘なら」「うちの嫁なら」といった親たちの声が小さくなったわけでもありません。状況は変わらずとも、彼女の考え方が変化したのです。彼女がただ、他でもない自分の人生を築いていこうと決心しただけです。

「やらされている」ではなく、「やってあげている」と考える

自分の人生を築いて行くということは、人生を主体的に生きるということ。つまり、誰かが自分のことを操ろうとしても、振り回されず生きていくという意味です。

彼女のように、他人に振り回されて悩んでいる人に、私はこう伝えています。

「コントロールの決定権を自分主体で持ちなさい」と。

例えば、「やらされている」のではなく、自分がやったほうがいいから「やってあげている」のだと考えなさいという意味です。

自分がやりたくないことをする時も、嫌々やるのではなく、自分がその仕事の主体となり、オーナーとなるのです。「これは自分がやりたくてやっている」「私がさっさと片づけてあげて、終わらせよう」と考えればいいのです。

仕事も同じです。もし職場に行くのが楽しくて仕方ないなら、私たちはきっと入場料を払ってでも行くのでしょうね。ですが実際は、職場に行くことでお金（給料）を受け取っています。その対価としてやりたくない仕事をすべき時があるのは当然です。「ああ、家族さえいなかったらこんな職場とっくに辞めているのに」などと考えていては、仕事のオーナーどころか、仕事に引きずられる被害者になってしまいます。

しかし、「私がやってあげよう」と心を決めて、やりたくない仕事をさっさと片づけてしまうとどうでしょう？　残った時間で会いたい人に会ったり、好きな趣味に打ち込んだりもできるのではないでしょうか。

人間関係も同じです。嫌いな相手に無理してでも合わせなければならない時は、誰しも卑屈でみじめに感じるものです。そんな時も、「相手が望むから笑うのではなく、この状況をやり過ごすために笑ってやってるんだ」と考えてみてください。どんな状況でも、軸を自分自身に置くようにするのです。

「嫌いな上司が会食の席で面白くもない冗談を言うが、死んでも笑ってやらないんだ」と豪語する患者さんにも、私はこう伝えました。

「それくらい、笑ってあげたらどうですか。大事なことは、あなた自身の人生において、大して重要でもない人間にエネルギーを奪われていることのほうですよ。嫌いな上司に腹を立ててはムカついて、上司を持ち上げる人たちにも嫌気がさして。そんなことにエネルギーを割くなんて、あなたの人生があまりにももったいないじゃないですか。それはあなたが心から望む人生じゃないはずですよ」

嫌いな上司の冗談に笑ってやるのが簡単じゃないことくらい百も承知です。卑屈な感情をごまかせないことも理解できます。しかし、ずっと相手のせいばかりにしていても問題はこじれる一方です。たとえ上司に非があったとしても、原因を突き止めるのではなく、問題をどう解決すべきかを考えてみてください。どんなに悔しい目に遭ったとしても、解決していくのは自分なのです。この事実をぜひ受け止めてください。それでこそ、他人ではなく、自分の歴史を刻んで行けるのですから。

やりたいこととやりたくないこと、ずっと一緒にいたい人と顔も見たくない人との間で起こるさまざまな出来事を、自分主体で解決し、バランスを取りながら生きていく――。これこそ、真の大人の生き方ではないでしょうか。

時には義務と責任を放りなげよう

私が開院して間もない頃の話です。ひとりのお婆さんが診察室に入ってきてしばらく辺りをきょろきょろ見回したのち、開口一番こうおっしゃいました。

「あのう、院長先生はどちらに？」

私が院長なのに、なぜわざわざそんなことを訊ねるのかと思ったけど、なるほど、彼女の目には、たとえ白衣を着込んでいたって私が院長とは映らなかったのでしょう。男尊女卑の社会を生きてきたお婆さんにとって、女性が医師として働くなんて想像もできないことだったのです。今では韓国社会も変化して、医科大学でも女子学生の占める割合が3割を超え、女性の医師も珍しくなくなりましたが……。

そんな社会に変わっているはずなのに、私を訪ねてきては、出産が怖いと訴える後輩女性たちが後を絶ちません。その理由は、「子育てに時間を割けば、仕事がおろそかにならざるを得ないだろう。昇進も望めなくなりそうで怖い……」といった内容に集約されます。彼女たちの訴えが、私にわからないはずがありません。いくら社会が変化したといえども、ワーキングマザーをとりまく環境はいまだ厳しいものです。後輩たちに、「子どもは生んだほうがいいわよ」と軽々しく言えるわけがありません。

妊娠中に起こった悲劇

私はインターン時代に大学の同期と結婚して、望まないうちにすぐに妊娠しました。ですがいくら身重とはいえ、厳しい職場で皆大変なのに、私ひとりだけ仕事を減らしてくれだなんて口が裂けても言えず、いつも通り働いていました。

そんな状況で、外科を担当していた時でした。その日に限って、心肺蘇生を要する患者が次々にＨＣＵ（高度治療室）に運ばれてきたのです。３人の患者がそろって一刻を争う緊急事態。同期や先輩たちがバタバタと対応に追われる姿を見るにつけ、私も居ても立ってもいられません。状況に応じてアンビューバッグ（手動式人工呼吸器）を押したり、また別の患者が危なくなれば駆け寄って心臓マッサージを施したり。瞬間、自分の腹部に違和感を覚えたものの、わが子の無事を祈りながら患者の蘇生に集中しました。目の前の患者が事切れようとしているのに、「私は妊娠中だから」なんて理由で引き下がるなんて、できるわけがありません。

その日の晩。幸いにも患者たちが峠を越えて容体が安定した頃、私は下血し、結局は流産してしまいました。本当に初めて、医師になったことを深く後悔しました。せめて、心臓マッサージだけでも誰かに交替してもらっていれば……。お腹の子どもを守りきれなかったことに大きな罪悪感を抱き、声を上げて泣きました。その後も子どもを亡くしたショックからしばらくは立ち直れず、苦しみが続きました。

しかし、「時薬《ときぐすり》」とはよく言ったもので、その後、私は2人の子どもを生み、子育てをしながら医師の仕事にまい進してきました。病院の仕事、家事、2人の子の育児、婚家の世話まで、常に何かに追われて目の回る日々の連続。夫も家族も誰ひとり手伝ってもくれない中、私は4つの役割をすべてやるんだと肩ひじを張っていました。

しかし、どれひとつとして納得いくようにこなせないのです。自分なりに精一杯やっているつもりなのに、私のがんばりを認めてくれる人もいない。私は私で、母親のくせに子どもの面倒もまともに見られないのかという自責と気後れから、弱音のひとつも吐けない。そのうち4つの役割のどれもが仕方なくこなすべきものになっていました。

苦しみと引き換えに、私が手に入れたものとは？

「今日一日をどう耐えようか」。朝、目覚めても、真っ先にため息が出る日々が続きました。そしてある時から、私は笑うことを忘れてしまいました。「なぜ私ひとりが全部背負わされるのか」という被害者意識にとらわれ、夫や家族を恨み、不公平な世を恨みました。これは結果論ですが、当時のあの苦しみを経たから今の私がいるわけではありますが、ただ義務感と責任感だけで日々を生きていたあの頃のことを思い返すと、今でも胸が苦しくなります。

私がこれまでの人生でもっとも後悔していることは、まさにあの頃、人生を楽しまずに生きていたことです。子育ての喜びを享受するどころか、不器用なダメ母だと自分を責めてばかりいたし、仕事の楽しみや幸せを感じることより、遅れをとってなるものかと競走するように働き、勉強していました。

もし、あの時、人生を楽しもうという気持ちが少しでもあったなら――、時間をやりくりし、できることとできないことを仕分け、家族の手を借りることもできたかもしれない。帰宅するなり夕食の支度に取りかかるのではなく、まずは子どもと目を合わせて抱っこしてあげることだってできたでしょう。通勤途中に空を見上げ、ゆとりを持って患者たちを迎え入れることだってできたはず。だけど、私にはそのどれもができなかったのです。もっと歯がゆいのは、「では、人生を楽しむ気持ちを犠牲にしてまで得たものは何？」と尋ねられたとしても、何も答えられないことです。

当時はただ「自分はダメだ」「なぜ私ばかりが」ということしか頭になく、とにかく疲れてイライラしながら過ごしていただけでした。そうやって過ごしていたあの時間に、もっと人生を楽しもうと知恵を絞り実践に移せていたならば、これほどまでに後悔することもなかったでしょう。

「しなければ」より「したい」を優先する

子どもは1日くらいお風呂に入れずに寝かせたって、おおごとにはなりません。仕事が忙しい時は、1日2日、婚家の両親の夕食が準備できないことだってあるでしょう。夫に向かって「ちょっと子どもの面倒を見てくれない？」と堂々と頼んだって構わない。そうやってできた時間をやりくりして、友だちと会っておしゃべりしたり、見たい映画を見たり、好きな音楽に身をゆだねたりすることは、本当に不可能なものなのでしょうか？

その気になれば、いくらでも作り出せるのが「生きる楽しみ」なのです。何もしたくなければ、何もしなければいい。それだっていいのです。知人のワーキングマザーは、あまりにも疲れすぎた時は駐車場に車を停めて、1時間くらい音楽を聞きながら静かに過ごしているのだそうです。家族には渋滞にはまって帰りが遅れそうだと連絡を入れた上で……。それを聞いて、思わず、「えらいわ！　上手にやっているわね」と彼女をほめました。

楽しく生きることは、「〜しなければ」という言葉を減らし、「〜したい」という言葉を増やしていくことから始まります。まさに、「天才は努力する者に勝てず、努力する者は楽しむ者に勝てない」のことわざどおりです。それに、義務感や責任感だけで生きるには、人生はあまりにもったいないもの。

もし仕事と育児に追われていたあの頃の自分に戻るなら、私は目の前のタスク消化に全力を尽くすのではなく、もっと未来を見て、自分のこともいたわりながら、折を見ては好きな音楽を聞いたり、のんびりとした休日を過ごすことを自分に許してあげたいのです。

「無気力の沼」から抜け出す方法

「慶祝　〇〇〇君、〇〇大学合格おめでとう」。一昔前まで田舎町で目にした垂れ幕です。

しかし、近ごろでは田舎町から名門大学や司法試験の合格者が出ることはまずありません。保護者たちの間で常識となっている合格のための必須条件、「祖父の経済力と父親の放任主義、母親の情報収集力」に関しては、都市部の人間にはとても太刀打ちできないからです。塾や習い事の費用は父親の稼ぎだけでは歯が立たず、金持ちの祖父の援助も必要で、少しでも有利に立ち回るためには母親の情報収集力も欠かせません。並に毛が生えたくらいの経済力では、名門大学はおろか社会的な成功さえ難しいとさえ言われています。

「富める者は富み、貧しき者はさらに貧しく」という、この国の現象は深刻化する一方で、経済格差は努力で縮まるようなものではありません。人生の勝ち負けは、どの家に生まれるか、つまり生まれる前からすでに決まっている。そんなことを思い知った若者たちが将来を悲観しても仕方のないことです。「どうせやっても無駄」なんて自嘲気味な捨て台詞《ぜりふ》があちこちで聞かれるのも、そんな社会を反映したものだと言えます。そんな今の韓国社会を支配している空気は、ずばり「集団的無力感」にほかなりません。

心理学において「無力感」は深刻で、人間を苦しめます。性暴力や天災などの被害者がもっとも苦しめられるのが、こうした羞恥や恐怖などの苦しみに際し、自分は何もできなかったという事実です。この感情が無力感です。

一方、「無気力」とは、エネルギーが底をつき、何もできない状態を言います。自分の問題に対し、自らの力ではどうすることもできないと考えてしまうのです。

「自分は負け犬だ」40代男性の告白

ある40代の男性患者の話ですが、事業に失敗した彼は、「自分は負け犬だ、私の人生は終わった」と無気力の沼に陥っていました。死に物狂いで働いてきたのに惨憺《さんたん》たる結果になったと、やり場のない憤りに苦しんでいたのですが、私がどんな言葉をかけてもまるで伝わりません。それどころかむしろ、私がどんなアドバイスを繰り出してくるのか試してやろうといった態度でいました。毎回、カウンセリングが堂々巡りで終わっていたある時、私は彼に尋ねました。

「もし……、あなたの息子さんが成長して、今のあなたの立場に立たされていたとしたら、何と声をかけてあげたいですか？」

すると、それまでずっとだんまりを決め込んでいた彼が、久しぶりに口を開きました。

「……誉めてやりたいです。よくがんばったなって」

「息子さんにはそう言ってあげるつもりでいるのに、どうしてご自身には厳しいのですか？　あなたこそがんばってきたじゃないですか。ずっとうまくやってきて、たまたま暗礁に乗り上げてしまっただけなのに……」

私は彼に対し、がんばってきた自分を誉めてやるように言いました。そして、今は心身ともに疲弊している状態だから、少し休みなさいと勧めました。これまで休みも取らず必死に働いてきて、エネルギーが枯渇している状態なのだと、まずは休んで充電するところからだと伝えました。自らにあまりにも厳しく、自分に対して誉め言葉のひとつもかけることなく生きてきた彼でしたが、それをきっかけに、ゆっくり休みながら自分をいたわり始めました。やがて自分のことを「負け犬」などと言わなくなり、数か月後には、これからどんな仕事をするのが自分にとってベターなのか考えていると明かしてくれました。状況が変わったことは何ひとつないのに、彼は、彼自身の心持ちを変えることで無気力症から抜け出し、また次の人生を夢見ることができたのです。何よりうれしかったのは、彼が、「どうせやっても無駄だ」と言わなくなったことでした。

部屋から出て外の空気を吸ってみよう

無気力状態にある人は、自分は何もせず、ただ状況のほうが好転してくれることを望みます。しかし現実的に、状況のほうが変わってくれることはほとんどありません。そんな時でも明らかなことがあります。まずはほんの一歩でも自分から動くことで、無気力で立ち止まったままの今のその場所から抜け出すことも、可能性を秘めた別の場所に移ることもできる、ということです。

泣いても笑っても、人は生きていくのです。私の姉が亡くなった話をしましたが、あの頃、私はこの先、自分が笑う日など来ないだろうと思っていました。ですが数年後には、ちゃんと笑えるようになっていました。ならば私たちに残されているのは、「どう生きるか」という問いに対する「答え」です。

アウシュビッツ収容所からの生還者でもある心理学者のヴィクトール・フランクルは、その著書で、「すべてを奪われて最悪の状況に置かれたとしても、決して奪われないものがただひとつだけある。それは、与えられた環境に対してどう振る舞うかという、自分の態度を選ぶ自由だ」と述べています。

つまり、手も足も出ないような状況であっても、どう受け止めるかは私たちの自由なのです。無気力のまま、ふて寝して天井を見つめるだけなのか、部屋から出て外の空気を吸ってみるのか――。いざ外に出てみると、できることは案外多いものです。自分は何もできないと思っていても、目の前で子どもが転べば手を差し伸べることだってできるし、道に迷っている人がいれば案内することもできるでしょう。道端に捨てられた空き缶やタバコの吸い殻を拾うことだってできる。このように、小さくともできることをひとつひとつ見つけていくうちに、いつの間にか無気力の沼から抜け出せているものです。

自暴自棄になっても、気を取り直してがんばっても、時は流れる

人生は自分の思い通りにいく時もあれば、まるで望まない方向へ流れることもあります。

そのたびに一喜一憂させられるのですが、つらい時も自分の人生の舵を取り、前に進んでみましょう。小さな芽もやがて実を実らせる時が来ます。たとえそれが、当初自分が望んでいたものでなかったとしてもです。アクシデントだと思っていたことが、ターニングポイントになって良い結果につながることだって少なくありません。生きているうちは、努力の成果が見えないからと失望して落ち込んだりするには時期尚早なのです。

あなたがどのように過ごしたって、時は流れます。自暴自棄になって過ごしても、気を取り直して再出発しても、同じように。しかし、その時間をどんな心持ちで過ごすかによって、10年後のあなたの人生は大きく変わります。

今だから言えることですが、私はあの時の男性患者が、口では「自分は負け犬だ」なんて言いつつも、いつか必ず這い上がれると確信していました。だって、彼はカウンセリングを受けるために自分の足で歩いて病院に来たのです。そのこと自体、まだまだ人生を諦めていないという何よりの証拠なのですから。

chapter 2

患者たちに言えなかった、今だからこそ話したいこと

健全な大人にふさわしい「10の条件」とは？

ある家に、6歳の子どもがいました。この子はいつも、「早く大人になりたい」と願っていました。しかし、どうしたらいいのかわかりません。ママのハイヒールを履いてみてもつまずいて転ぶだけ。ごはんをたくさん食べても、おなかが痛くなっただけでした。お化粧をしたりイヤリングをつけたりしてもママみたいにはなれません。子どもはお婆ちゃんに聞いてみます。

「大人になるにはどうしたらいいの？」

「待つことだね」

「待っていればいいの？」

子どもはお婆ちゃんの言葉の通り、ひたすら待ち続けました。そしてとうとう大人になりました。しかし、大人になったこの子は、「子どもに戻りたい」と思いました。子どもの頃のほうが今よりずっと楽しく、ときめきに満ちあふれていたからです。

あなたはいつ「大人」になりましたか？

子どもは早く大人になりたがります。大人っぽいファッションや行動を真似するのも、少しでも大人に近づこうとするからです。しかしどんなに大人の真似をしたって、子どもは子ども。大人になるためには待たなければなりません。その時間の間には、たくさんの経験をします。広がっていく世界との葛藤もあります。その道のりで挫折や失望を味わい、世の中が生易しいものではないことを知り、大人という存在が、実はそれほど強くないことも万能ではないことも知るのです。

「ああ、大人って、いつの間にかなるものなんだな」

そう私が感じた瞬間はいつだったでしょうか。初任給が振り込まれた時？　運転免許証を手にした時？　毎年もらえていたお年玉がもらえなくなった時？　それとも、温泉の熱い湯が心地よいと感じた時？　ひょっとしたら、子どもの頃に思い描いていた夢が何だったのか思い出せなくなっていた時だったかも……？

大人になるということは、自ら選び、その選択に責任を持ち、重い現実の荷を背負うということです。そして与えられた現実の中で、自分の願いを叶えるための知恵と技術を身につけていくことです。

幼い頃は、将来の夢が無限にあるものです。大成功を収めた華やかな人に憧れたかと思えば、人々のために自らを犠牲にできるマザーテレサのような聖人に憧れもします。それができるのも、未来が不確実だから。おぼろげで不安だと感じつつも、無限に思い描くことができたのです。

しかし、実際に大人になった自分の姿は、あの頃に思い描いていた姿とはかけ離れています。大人になるということは、その理想と現実のギャップを認めて心の葛藤に打ち勝っていくことでもあります。

だからといって、大人には夢がないわけではありませんよね。どんな大人であっても、真の「健全な大人」たるもの、時には夢いっぱいだった子どもに戻ることも必要なのです。

健全な大人とはどういう人でしょうか――。思いつくまま、以下にまとめてみました。

①自らを愛おしみ、自分は価値があり誠実な人間であると信じている。自分は唯一無二の存在であり、どんな状況にもゆるがないアイデンティティがあると確信している。

②自分のことを、自らの人生に対して責任を持って決定していける能動的な人間だと考えている。

③去ることも、留まることもできる。人間関係の大切さを知り、さまざまな関係を築きながら、恋をし、人に頼ることができる。

④多くの経験を経て、人生を多角的に見つめることができる。また、自分と反対の意見からも学び取ることができる。

⑤良心と自責の念を知っている。後悔することも、自分を許す力も持ち合わせている。

⑥楽しみを追求し、その過程も楽しめる。苦しみと向き合い、戦うことができる。

⑦望みを叶えるための手段を学び、実現不可能なことは潔く諦めることができる。

⑧「失うものがあれば得るものもある」という事実を知っている。喪失からも何かを得て、

挫折の中にも希望を見出し、不完全さの中から感謝と許しを学び取ることができる。

⑨人生とは完璧ではなく、人は他者と協力し合って生きていくものだという事実を受け入れている。その過程では、相手とぶつかり合い、時に勝者や敗者になるという現実世界を受け入れている。

⑩自分の望みや欲望を適切にコントロールし、幸せを探し、自らが願う世界を実現しようと努力している。

思い通りにならないのが世の中だから

あなたは健全な大人でしょうか。結局、大人になるということは、「世界は自分の意のままだ」という幼い頃に抱いていた万能感や、「失敗しても許され、誰かが解決してくれる」といった幼稚な期待を手放していく道のりです。

しかし、私たちはすでに、何でも望み通りに叶えられる世界、何の危険もなく安全に保護される世界、子どもの純真無垢さそのままに楽しめる世界を経験しています。そう、赤ちゃんの時の話です。赤ちゃんの時は、大人がいつでも自分のそばにいて無限の愛を与えてくれました。ちょっと笑っただけで周囲の人たちを幸せにできたし、水をこぼしたって怒られることもなければ、すぐに誰かが掃除してくれました。

あの頃の幸せがあまりにも大きかったせいでしょうか。人はいくつになっても、心の奥ではあんな幸せが戻ってくるのを夢見ているようです。もちろん、絶対にあり得ないことですが……。

しかし大人になってわかることもあります。自分の思い通りにならない世の中に適応し、夢と現実の間でバランスを取りながら生きていくことが、悲しいだけじゃないということです。そして、むしろたくさんの制限の中から選択し、組み上げていく自分の人生が、いかに素晴らしいものなのかということも。

このことを理解しているのが、大人として生きることなのでしょう。

患者たちが一番声に出したいこと

いつだったか、雑誌の取材でこんなことを尋ねられました。

「患者さんとのカウンセリング中に、一番多く耳にするのは……?」

「泣き声ですね」

韓国では近年、精神科の正式名称が精神健康医学科となり、それにともない人々の意識も変わりつつあります。とはいえ、精神健康医学科を訪れる人たちを奇異の目で見る空気は少なからず残っています。それゆえ、患者たちは私のところを訪ねてくるまでの間にも、ひとりで思い悩んでいます。だからでしょうか、診療室の椅子に座った途端に泣き出す患者が少なくありません。それまで誰にも言えなかったことを口にしようとするだけで、涙があふれて止まらないのです。何もしゃべれないまま1時間泣き続けた人もいました。

一体何が彼らをそこまで追い込んできたのでしょう。そんな時に私ができることといえば、彼らが泣き止むまでただ待ち続けることでした。時には、彼らが泣き止むのを待つ間にこんなことを考えもしました。

なぜ私たちは、泣いてはいけないと思っているのだろうと。例えば、悲しい映画やドラマを見ていて思わず涙がこぼれそうな時も、気恥ずかしさからかこっそり涙を拭ったりします。それは心のどこかで、泣くのは感情に負けたせいだと思っているから。だから自分の弱さを悟られまいと、歯を食いしばってでも涙をこらえるのです。

泣きたい時に泣けることは、大きな喜び

ですが、泣きたい時は泣くべきなのです。涙は、心の中にある怒りや攻撃性を洗い流す洗浄水の役割を担っています。泣き終わると心が浄化されたようにすっきりと感じられるのは、そうしたマイナス感情が、涙という透明の分泌物とともに排出されるからです。皆さんも、泣きたい時はそのまま流れに任せましょう。見方によっては、泣くという行為は、深い悲しみにうずもれた私たちを救い出す一種のお祓いのようなものかもしれません。胸の奥底に溜まった澱《おり》を掃き出し、涙でその悲しみを洗い流す作業です。

だから、泣きたい時に泣けることは、実は大きな喜びでもあります。そして、それにも勝る喜びは、泣いている自分を見守ってくれる誰かがそばに居てくれることです。押しつぶされそうなほど苦しい時、みじめな時、未来に希望が持てずすべて終わったような気がする時、この世界に独りぼっちで捨てられたように感じる時……。そんな時に、自分のことを理解してくれる人に見守られながら思いっきり泣けるのなら、問題が何も解決しなくたって気持ちは晴れやかになります。

加えて、見守ってくれる人の存在は、自分はひとりではないという安心感をもたらし、それを糧に再び立ち上がる力をくれるのです。

そういう観点から見ると、人に涙を見せることができない人は、本当は弱い人なのかもしれません。彼らは自分の弱さが露呈するのを恐れて隠そうとします。でもそれは、自分の心に弱さを認める強さが足りないからです。本当に強い人というのは、自分の弱みを隠しません。当然、人前でも涙を見せることができるのです。

もちろん、傷つき恐怖にうち震える自分を見つめることには苦痛が伴うものです。しかし、涙を流す哀れな自分を認めれば、弱い自分のことも温かく受け止めてやれるようになります。そして堂々と、幸せに向かって突き進む力を得るのです。

さあ、皆さんも。泣きたい時は、どうぞ思いきり泣いてください。

あなたには幸せになる資格がある

「どうしてあんなバカなことをしたんだろう」

過ぎた日々を振り返り、後悔することはひとつふたつに留まりません。思い出すたびに自分に腹が立ったり、がっかりしたり。ところで後悔は、苦しい反面、甘美でもあります。「もしあの時、ああしていれば今ごろ……」といった〝もしもの話〟は、失敗した過去をやり直せるかのような妄想の中に誘い込むからです。

「あの時、あんなことさえなかったら、今ごろもっとうまくやれていたはず」

後悔の念の中には、こうした気持ちも潜んでいます。人は小さな過ちひとつでさえ、あれさえなかったなら今が大きく違っていたはずだと想像し、傷ついた自尊感情を回復しようとします。この時の心情は、現在や未来よりも過去にフォーカスしています。このように、とらわれた過去の中に生きる人々は、大切な現在と未来を台無しにしているようなものなのです。

過去をやり直したいという気持ちにとらわれて、今を生きられない人――。精神分析治療を受ける患者の多くがここに属しています。

彼らを診ていると、まるで巨大な宇宙服を着て生きているように思えることがあります。宇宙服の中は過去のつらい記憶でいっぱいです。それでも彼らは宇宙服を脱ぎ捨てようとも思わず、ただ不安と恐れに震えながら過去に縛りつけられているのです。宇宙服を脱ぎさえすれば、外の澄んだ空気やあたたかな陽の光に触れることも、新しい人と出会うこともできるはずなのに、どうしても踏み出せないのです。

不安や恐れは、成長を止めてしまう

私の患者に、暴力的な父親の下で育ち、生傷の絶えない女性がいました。しかも彼女は、あろうことか父親と同じような暴力的な男と結婚したのです。また別の患者で、アルコール依存症の父親を持つ女性がアルコール依存症の男とつき合うケースもありました。「過去」という宇宙服を着て生きているのは、まさにこうした人たちです。まるでリピート記号の間を反復するかのように同じ行動を繰り返す理由は、彼らの心の内側にいる傷を負った子ども（インナーチャイルド）が、成長したいと駄々をこねているからです。

力のない幼い頃に過度の苦痛やショッキングな経験をした子どもは、深い傷を抱えて心の奥深くに潜り込みます。不安や恐れにおののいて、成長するのを止めてしまうのです。それでもその子は、この苦しみから何とか抜け出そうとして過去と同じ状況を再現します。そうすることで、当時の苦しみを打ち消そうとしたり、その状況を克服しようとあがくのです。ですが結果的には、過去から抜け出すこともできず、ただ苦しみが繰り返されるだけです。

精神分析のメカニズム

このように過去にとらわれて身動きの取れない人たちが、自ら解決していけるように手助けするのが精神分析です。患者自身の問題に向き合い、理解して、解決できるように解析し、待ち続ける仕事です。そんな私に対し、時に患者はこう言います。

「それで？　過去を理解してどうなるんです？　わかったところで何が変わるんですか？

つらかった過去が一瞬で消え去ったりするんですか？」

彼らの言うとおり。人前に出るだけで不安で逃げ出したくなる人の悩みが、実は幼い頃、父親からことあるごとに怒鳴りつけられていたことに関連するとわかったところで、何の役に立つでしょう。それを知ったからといって父親が突然やさしくなったりするわけでもありません。また、いつでも周りの空気を気にして他人の頼みを断れない人の悩みが、幼い頃に母親の実家に預けられた記憶と関連していると知ったところで、今さら何か取り戻せるのでしょうか。過去の事実は何も変わることはありません。

現在の自分自身が感じている不安や恐れが、過去に植えつけられたものであると理論的に知ることを「知的洞察」と言います。この知的洞察は、大きな変化をもたらすまでには至りません。

それよりも、「情緒的洞察」のほうが重要です。これは問題の原因に対し、「ああ、そうだったんだ」と深く感じ入ることで、それまで意識されることのなかった悲しみや恐れが噴出することを言います。そしてこの情緒的洞察こそが、変化をもたらすのです。

しかし、一度の洞察では不十分です。人間は変化を好まない生き物です。同時に、過去を繰り返そうとする属性も持ち合わせているため、洞察を生活に適用させるまでにはかなりの時間と労力を要します。一歩前進したかと思えば一歩後退し、また一歩前進しては一歩後退の繰り返しです。それじゃ永遠に過去から抜け出せないじゃないかって？　努力しても無駄だろうですって？　そんな時、私はこうお伝えします。
「踏み出してしまえば、半分終わったようなものですよ」

過去と現在を分けて考える

まず問題の原因がおぼろげにでもわかれば、その問題と「距離を置く」ことが可能になります。例えば、断るのが苦手な理由が、自分自身が断られたくないからだとわかれば、少なくとも現在と過去を分けて考えることができるようになります。そうすれば、次に似たような状況に直面した時に、「あっ、今、同じことを繰り返そうとしているかも」と、足を止めることができ、自分主体で動けるようになります。

過去の記憶の中に生きるのか、現在のありのままを直視するのか。ただし、この時、現在の苦しみが過去に由来するものだと知るだけでは不十分です。「心の中でこんなことが起きているから、こうした行動を繰り返すことになるのか」「過去の出来事が、現在の心理構造にどんな影響を及ぼしているのか」というメカニズムを理解すべきなのです。

つらい過去との向き合い方

前述の「人前に出るのを恐れている患者」の場合、幼い頃に預けられた母親の実家での経験が患者の心に憤りを生み、その感情への自責感から超自我が必要以上に著しく発達していました。この患者は、ごくわずかな失敗でも大失敗だと思い込んでしまう思考の構造が、それに起因していると知るべきなのです。また、人づき合いを敬遠しているのも、自分を責めて卑下しすぎるあまり、周りに見下されて疎外されるかもしれないことを恐れているのだという、思考の構造を知るべきなのです。それがわかると、自分を卑下する必要はないとわかり、超自我が抑えられて自責感が弱まることで、周りの人たちとも親密な関係が築けるようになるのです。

この過程はもちろん生易しいものではありません。簡単だったら精神分析治療ももっとスピーディーにできるのですが……。しかし、もしあなたの大切な人が、過去にとらわれたまま同じ行動を繰り返していたなら、あなたはどうしますか？　力強く抱きしめて、「すべて過ぎたことだよ」と諭し、その場から連れ出してあげるでしょう。だから、あなたの中にいる傷ついた子どもにも同じようにするべきなのです。

過去に縛られて身動きの取れない人たちへ。あなたは無力な子どもではありません。どんな問題にも十分に対応でき、幸せを作り出せる大人です。

万一、心の中にいる傷ついた子どもが成長したあなたを押さえ込もうとしているなら、そのために原因不明の不安や恐怖で今も同じ問題を繰り返しているなら、過去から抜け出す努力をする必要があります。過去のある経験が、今もあなたを苦しめていることを正しく知り、そこから自由になるために努力しなければなりません。

これ以上、あなたの現在を、過去に支配されたままにしないでください。あなたは間違いなく幸せになれます。過去の悲しみを認めて、悲しみに打ち勝った自分を見つめることができるなら。自分には幸せになる資格があると強く信じられるなら。そして、新しいやり方で生きていく冒険に、恐れることなく踏み出せるなら、必ず。

「白馬の王子様」が最も人を傷つける

「灰かぶりの少女を粗末な台所から救い出し、美しい姫に変身させるカッコいい王子様になりたい」とか、「野獣に変身させられた王子を、至高の愛で元の姿に戻してあげる心やさしい娘になりたい」といった絵本みたいな話。こうしたファンタジーは、誰しも幼い頃に一度は夢に描くものです。心理学的には、これを「救助者幻想（レスキュー・ファンタジー）」と呼んでいます。

救助者幻想は、苦しい現実に置かれた自分を誰かに救ってほしいという願望と密接な関係があります。こうした願望を持つ人は、自分が救われたいという欲望を、他者を助けることで満たそうとするのです。救助者幻想は、特に恋人の間でよく表れます。好きな人にとって重要な人になりたいあまり、相手から感謝されたい、認められたいという思いが強くなりすぎるからです。

愛する人を無理に癒そうとしないで

しかし、悩める恋人をむやみに救おうとしたり、癒そうとしてはいけません。その瞬間に関係が壊れていってしまうからです。あなたが相手の傷を癒そうと動くと、意図せずとも相手を支配しようとするようになります。相手があなたの行動を疎ましく感じれば、当然、反発するようになります。

こうしてお互いの感情がコントロールできないままに問題がこじれ、取り返しがつかなくなることもあるのです。

もし、恋人が過去の傷みから抜け出すことを望んでいるようであれば、正しい手段は、カウンセリング受診を勧めることです。

その後は、恋人が自力で乗り越えられるようになるまで、ただ待ってあげることです。もちろん、恋人のそのままの姿を愛しながらです。

間違いなく、愛には過去の傷を癒す力があります。

心からの愛は、お互いの感情の深いところに響き合います。弱点や短所をさらけ出しても、それでも好きだと受け入れてもらえることで、自らに対する肯定的な確信が得られるからです。

あなたができる「たった2つのこと」

いい恋愛をしている人が自信に満ちてチャレンジ精神旺盛になるのも、そうした心理のおかげです。それまで自分を取り囲んでいた心理的な障壁を打ち破り、新たな世界に遭遇し、自我を拡張させていきます。愛情によって過去の傷を克服し、そこから自由になれたのです。「優れたカウンセラー100人に出会うより、愛する人ひとりに出会うほうがずっと効果的だ」と述べる精神分析家がいるくらいです。

そして、もし交際相手が以前より元気になったとしても、それは、あなたが恋人を治療したからではありません。恋人に注いだあなたの愛情がもたらした結果です。

あなたが愛する人にしてあげられることは、ただ愛すること。そして、待つこと。この2つだけです。

職場にいる嫌な人との「楽なつき合い方」

以前、娘からこんな質問を受けました。

「職場に大っ嫌いな先輩がいる時、どうしたらいいの？」

職場の人間関係に問題でもあるのかと思って訊ねると、悩んでいるのは娘の友人なのだとか。嫌いな先輩がいるせいで、毎日会社へ行くのもゆううつになっているという話でした。

娘の話によると、物静かなその友人とは対照的に、友人の先輩はズケズケと物を言うタイプ。人前だろうがオフィス外だろうが構わず叱りつけ、その一方で親分肌なところもあり、叱られた後には気分転換も必要だろうとコーヒーや食事をごちそうしてくれるのだとか。そこまでは良しとして、友人が耐えられないのは、飲食をしながら先輩が自分のプライベートを明け透けに話すだけでなく、その友人にも同様のことを求めてくることのほうなのだそう。また、先輩がSNSを更新したら後輩は「いいね！」のボタンを押すのが暗黙の了解となっていて、友人も気乗りしないまま「いいね！」を押してコメントまでつけているとも言いました。

そもそも、会社は親睦の場所ではない

娘の友人のように、毎日顔を合わせなければならない職場の上司や同僚のことが嫌いな時や、逆に相手から嫌われている時は、ゆううつにならざるを得ません。しかし残念なことに、会社というところは、気の合う人とだけ働ける場所ではありません。なぜなら、会社の存在目的は収益の創出であり、社員同士の親睦ではないからです。

それに、生きていれば、自分と反りの合わない人や、価値観や好みの違う人、絶対に好きになれない人とも出会うものなのです。職場には実にさまざまな人がいます。大人として社会生活をスムーズに送るためには、好きでもない人ともうまくつき合い、一緒に働ける能力が求められます。

娘の友人のようなタイプは、誰かに嫌われることを極端に恐れる人です。裏を返せば、

誰からも好かれることを望んでいるため、会社で顔を合わせるすべての人たちと円満につき合わなければならないと考えているのです。何があってもあたたかく支え合う家族のように。だから、相手の対応が少しぶっきらぼうだっただけで嫌われているのかもと気をもみ、反りの合わない人は嫌いな人となります。そして当の本人は相当なストレスを受けます。他人の反応にアンテナを張り過ぎて疲れ切ってしまうからです。

他人と親密な関係を築くには、膨大なエネルギーがいる

それにしても、職場の人たちと家族のような関係を結ぶことが果たしていいことでしょうか？　もちろん、気が合うに越したことはありません。しかし、他人と親密な関係を築いて維持していくことは膨大なエネルギーを要します。親密であるということは、お互いをよく知って受け入れる特別な関係になるということです。飾らない素の自分を見せる勇気と、相手に対する信頼が必要であり、時には、そこで生じる失望にも耐えなければなりません。心も体も疲弊するのはもちろん、人間関係が義務や責務になりかねません。こうした点から見ても、親密な関係は、生涯のうちでも家族やごくわずかな友人たちに限られ

るのが正常なのです。

にもかかわらず、人脈が成功のカギを握る現代社会では、人は、誰からも好かれようと努力し、どうにかしてたくさんの人と親しくなろうとします。やがて人と会うことが、自発的な楽しみではなく、苦しい労働の延長になってしまいます。

人間の五感は、他人の反応に敏感であるように発達しています。遺伝子に、他人から愛され、認められようとする欲求が深く刻まれているからです。当然、人脈管理のために浮かべる作り笑いは不自然なだけでなく望む結果も得られません。

会社の人間関係は「ほどほど」でいい

また、親しくなることと、「円満につき合うこと」はまるで別の話です。親密度は、関係の度合いによって同心円を描くように広がっていきます。少数の親密な関係から、名刺を交換した程度の間柄まで、円の大きさはさまざまです。

ここで私が述べている「円満につき合うこと」とは、この同心円の大きさを把握し、それに沿って行動するということです。職場の先輩後輩の間柄の同心円は、お互いの力量を十分に発揮しつつ、関係にきしみが生じた時は角が立たない程度に解決していくくらいで十分。お互いに無理に好感を抱く必要などないという意味です。足りない部分は、励まし合いとともに努力していけばいいだけの話で、必ずしも親しくなる必要はありません。

こう言うとたいてい、「それじゃあまりにも冷たいのでは？」と反論されます。しかし私は、職場内の人間関係の限界を認めて受け入れられれば、むしろ相手に対して少し鈍感になれ、仕事に集中できるようになると考えています。

ひょっとしたら、そんな姿勢で働くうちに、相手に対して仲間意識を抱くようになるかもしれません。この時の仲間意識というのは、ひとつの目標に向かって走っていけるだけの信頼のおける相手に対して抱く感情です。したがって、何か問題にぶつかった時に、「どうしてこの人とは反りが合わないんだろう」などと思い悩む必要はないのです。職場の人間関係では、お互いに配慮し、尊重する気持ちさえ忘れなければ十分だからです。

どんなにがんばっても、苦手な人は苦手なもの

嫌いなタイプの人と仕事をすることになった時も同じです。いくら相手のことが嫌いで

も、仕事がおろそかになっては本末転倒です。また、相手に対してあからさまに嫌いだという態度を取ったり、無視したりすることもまったく正しくありません。嫌いな感情があっても、仕事とは分けて考えるべきです。

もうひとつ、私のこれまでの人生を振り返ってみると、私と反りの合わなかった人というのは10人中2人くらいの割合でした。その2人とは、私がどんなに努力してもどうしても親しくなれませんでした。魅力的な男女同士を引き合わせても、お互いの相性がマッチしなければカップルが成立しないように、個人として問題のない人間同士でも親しくなれないケースは珍しくありません。

ですから、誰からも好かれようとして、反りの合わない相手との関係改善に多くのエネルギーを費やさないでください。

むしろ、もっと親しくなりたい、今後も長くつき合っていきたいと感じている相手との関係を育みましょうよ。久しぶりに連絡しても、あなたを心から歓迎してくれる相手です。そんな相手との交流は、疲れたあなたの心を癒してくれ、苦手な相手に対する最低限のマナーを守る元気までをも与えてくれるはず。

もし突然、人間関係が重労働のように感じられたなら、まずはよく考えてみてください。周りのすべての人から好かれようと思い込んではいませんか？

劣等感だらけでも楽しい毎日を過ごす、私なりの秘訣

昔、とある家に三姉妹がいました。その家に招かれた客人たちは、三女を見るなり口々に言いました。

「どうしてこの子だけ不器量なの？」と。

冗談混じりではありつつも、おおむね本心でした。この家の長女も次女も、色白の小さい顔に目鼻立ちのくっきりとした美人で、おまけに弟までもが誰の目にも整った顔立ちでした。それなのにどういうわけか、三女だけは例外だったのです。三女は、自分は可愛くないのだと思い、次第に人より劣っていると考えるようになります。ついには人前に立つことも怖がるようになり、学校でも皆の前に出ると体が震え、発言もろくにできないほどに。当然、学生時代には班長のようなポジションにつくこともありませんでした。

果たしてその少女とは……？

何を隠そう、この私です。この話をすると、皆驚いた反応を見せます。「本当ですか？　先生は劣等感などとは無縁みたいにお見受けするのに。童顔で可愛らしいし、発表の時も堂々としてらっしゃるでしょう？」

確かに、私は学会で人気講師として評価されているので、これが冗談に聞こえたりするのでしょうか。しかし、幼い頃の私は本当に劣等感だらけでした。

自尊感情は、他人の視線を通して形成される

私たちが生きていく上でもっとも大切なことは、「愛されている」という確信です。ところが、美しくないと評価されることは、女の子に大きな羞恥心を植えつけます。「皆、醜い私のことなんか好きじゃないはず」という恐怖に震え、愛されるために可愛く見られる努力をしながらも、腹の底では、そこまでしてようやく自分を見てくれるような世間と人々に対し、強い憤りを覚えます。幼少期の子どもに対して醜いという言葉は、自尊感情の形成にマイナスの影響しか与えません。

人間の自尊感情は、他人の視線を通して形成されます。自尊感情とは文字通り、自らを

尊重する気持ちです。

自分を尊重するためには、まずは「私は素晴らしい人間である」と肯定する信念がなければなりません。他人が自分のことを喜んで受け入れ、愛してくれ、ちょっとしたミスくらい納得して目をつぶってくれる時、人は自分が認められているという感情を抱きます。

逆に、人から拒絶するような反応をされると、捨てられるのではないかと恐れ、自分を卑下し、責めながら不安な人生を送ることになります。自分の美しさや素晴らしさにも気づかないままに……。

劣等感とどう向き合えばいいのか？

しかし、劣等感は誰にでもあります。なぜなら万能ですべてを兼ね備えた人間など、この世にいないからです。しかし、劣等感もあまりに度が過ぎるようでは、その人の人生は暗く不幸にしかなりません。劣等感が強過ぎて自尊感情が低い人たちは、自分のことを価値のない人間だと思い込んでいます。そして、幸せになれるはずの多くの機会と可能性を手放しているのも事実です。

ですが、劣等感が悪影響だけ及ぼすわけではありません。私自身、器量も悪く人より劣っているという劣等感をバネに、たくさん本を読み、必死に勉強しました。自分の弱点を悟られまいと、とにかく完璧にしようと努力したのです。例えば、学会での発表や原稿を書く際には、自分が読める関連資料にはすべて目を通します。資料をいろいろな角度から見てテーマに対する結論を得て、いつどんな質問が飛んできても答えられるように努めています。今、私がこの仕事に就いているのも、そうしたたくさんの文献を読み、研鑽に励んだ賜物と言えるでしょう。

だからもし、あなたが劣等感で悩んでいるなら、それを隠そうとするのではなく、他の長所を伸ばし育てていくことで、劣等感を小さくしていくように努めてください。

すべては「あなた自身が自分をどう見るか」

他人の視線から自由になり、自分自身を見つめてごらんなさい。誰にでも弱点はあり、そして、探してみれば強みも多いものです。自分の欠点ばかりをクローズアップして尻込みしてしまうなら、それは他人の視線に縛られているということなのです。だから自尊感情が低い人たちは、まずはその視点から正さなければなりません。

以前、劣等感が強すぎて何事にも及び腰の患者さんに対し、私はこんな話をしました。

「人生がどう流れるかは、自分自身をどう見るかという視点次第ですよ。あなたが自分を肯定的に見れば人生もそう流れて、自分を落伍者だと見ればそのように流れるのです。だからこそ、他人にどう見られているのかではなく、あなた自身が自分をどう見るか。まずはそこから決めましょうよ」

自分のことを情けない、人より劣っている欠点だらけの人間だと見ていれば、人生もそう流れるのです。しかし、自分はやさしくて思いやりがあり、何事も一生懸命な人間だと見れば、不思議と人生もそう流れて行く。まったく同じ「私」という人間なのに、自分自身をどう見るか次第で人生は変わるのです。

人からとがめられても過度に動揺せず、間違えたら修正すればいいと思うこと。理不尽な指摘にはそれはおかしいときちんと反論すること。相手と対等な関係に立つこと。これらはすべて自分を信じ、尊重するところから出発します。

自分で自分を信じないで誰が信じてくれるでしょう。自分で自分を守らないで誰が守ってくれるのでしょうか。さあ、あなたも自分に対する見方を変えて、劣等感の沼から抜け出すのです。

興味深いのは、こうしたカウンセリングを受けた患者さんは皆、顔色が明るくなっていることです。

表情が柔らかくなり、瞳も輝いている。

これこそ自尊感情の回復のサインです。それまで自分を押さえ込んでいた無意識の圧力から解放されることで実力も発揮でき、さらに向上していきます。そして新たな気持ちで、力強く世の中に踏み出していくのです。

本当に美しくて魅力的な人間になりたければ、まずはご自身の自尊感情をチェックしてみてください。自信に満ちあふれた人は、いつでも輝いていてすてきに見えるものです。

ちょっとしたことで「傷ついた」と言ってしまうあなたへ

スマートフォンには妙な中毒性があります。少し前までは四六時中スマホを手放さない子どもたちに口酸っぱく言っていた私も、今では目覚めると真っ先にスマホを見るようになりました。メッセージが気になるからスマホはいつも手の届く範囲内が定位置だし、ちょっとでも見当たらないと大慌てで探し回る始末です。

そもそも、私たち世代の人生に携帯電話が登場したのだって割と最近のこと。それまでは携帯電話なんかなくても豊かに暮らしていたというのに、どうしてこうなってしまったのでしょうか。スマホが見当たらずソワソワするたび、改めてこの機械の中毒性に驚くばかりです。

地下鉄に乗れば、ほとんどの人がうつむいて小さな画面に釘づけで、せわしなく指を動かす人々の姿はなんだか恐ろしくもあります。彼らはお互いに顔を合わせることもなければば、周囲の人や状況にも何の関心も示しません。

「隣に人がいるのにスマホ」の心理

以前、専門職に従事する40代以上の人たちが集まるシンポジウムに出かけた時のことです。皆、会場に入るとほかの参加者とそそくさと握手し、名刺交換して席に着きました。そして示し合わせたかのように、皆が皆スマホをいじりだしたのです。同じ空間にいながらも、私たちはそれぞれが違う世界に入り込んでいました。

家族そろっての外食の席でも同じです。子どもも母親も絶えずスマホを手元にメッセージのやり取りを続け、その姿を苦虫を噛みつぶしたような顔で見ている父親がいるだけ。また、おかしなことに、そんな彼らが、食事の席であれほどメッセージ交換をしていた友人と会うと、今度はまた別の友人とのメッセージ交換に勤しむというではないですか。

こんな現象が意味するのは、今の人たちが、直接顔を合わせて話すことよりも、スマホという機械を介してつながることのほうが好きだということでしょうか？

確かにスマホでのコミュニケーションなら、同時多発的に何人もの人との対話も可能です。メッセージアプリをいくつも入れておいて、表示されるメッセージを読み、それに返信するだけ。これほど便利なものはありません。しかも、こうしたつながりから、何かしらの集団に属しているという心理的安定感が得られることと、自分のメッセージにすぐに反応が返ってくることで、誰かに認められているという安堵感まで得られるのです。言うなれば、寂しい現代人にとってスマホとは、自分と世界をつないでくれる生命線であり、自分がひとりではないという事実を瞬時に確認できる重要な装置なのです。

いつでもつながれるのに、なぜ寂しいのか?

それなのに、人は口々に「寂しい」と言います。自分が望みさえすれば、いつでも多くの人たちとつながれる状況にあるにもかかわらずです。

現代社会はスピードと拡散の時代です。町の片隅で起きた事件や流行が、数秒もかからず地球の裏側まで伝達されます。人々の往来も活発化していることで、ほんの一時の出会いも増えました。こんなスピード重視の時代では、短時間で相手に気に入られるような、強い印象を残すことが求められます。

他人からの評価に左右されるほど、その人の人生は不安定になっていきます。他人の目を気にしすぎるあまり自分の考えや感じ方に確信が持てなくなり、気がつけば、他人の言いなりになっているということも少なくない。

そしてここにジレンマが生じます。

人は、他人からの評価を恐れつつも、絶対的に他人を欲しています。その一方では、自分をあやつろうとする他人には怒りを覚え、近づこうとしません。そもそも「いつ自分に背を向けるかわからない他人」など信じられないと、そのうち、誰のことも信じられなくなっていきます。

今の若者たちが、表向きは華やかで洗練されているように見えて、その内実はむなしく、さびしいのもそれに起因しています。恋人さえいつ心変わりするかわからない。だから彼らはつき合っている時から別れた時のための準備をしておくのです。自分の人生に与えるダメージを最小限に留めるため、相手に深入りしない。ぱっと見た一瞬のイメージと、その時々で感じる感情といった上っ面だけの関係を好むのです。

しかし、それで傷ついたとしても、そばにいて心から心配して慰めてくれる人はいません。それがまた彼らを孤独に追い込みます。傷つきたくないから誰とも深くつき合いたくないのに、さらに傷つくことに弱くなるという悪循環に陥るのです。

傷つかずに過ごせる人生などありません。人は傷ついて、それに打ち勝とうともがきながらだんだん強くなるのです。自分を可愛がるあまり、傷つかないように生きていると、ほんのわずかな刺激を受けただけでもひどく痛がるのです。そうなると、毎日がまるで生き地獄のように感じられてしまいます。

傷つくことから自由になるために

例えば、職場で上司に指摘された場合を考えてみましょう。単純に、業務上のミスに対しての指摘だったにもかかわらず、それを傷つけられたととらえる人がいます。それは心の傷ではありません。指摘されたのなら改めればいいだけ。立場の違いによる些細な摩擦や衝突は、日常的に起こりうるものです。

何でも心の傷だととらえてしまうと、人生は問題だらけになってしまいます。心の傷を負ったということは、誰かが自分に危害を加えたということです。つまり自分は被害者になり、相手を加害者に仕立て上げるのですが、こうなると精神的な治療が必要なところまで進んでしまいます。本来、ちょっとした心がけひとつで解決できることが、自分の力では解決不可能な問題に変貌してしまうのです。

傷つくという行為は、自分が何かを強く願ったから受けるものなのです。自分の願いが思い通りに叶わなかった時、傷ついたと思うのです。だから「傷つけられた」と感じる時は、自分が願っていたことが本当に正当なものであったかを考え直す必要があります。例えば、「メールの返事を相手がすぐに返してくれないから傷つく」というようなことは、単なる思考の悪いクセであるだけです。

入浴中、ふと自分の腕にあざができているのに気づくことがあります。それでも単に「おや、どこでぶつけたっけ?」と思う程度ですよね。時が過ぎれば、あざは消えてなくなり、あざがあったことも忘れてしまいます。近頃の人たちが、やたらと「傷ついた」「心の傷」などと言っているのは、ほとんどがこのあざみたいなものと言えるでしょう。

だからどうか、少しの間、過ぎ去るのを待てば終わることを、いちいち「傷ついた」などと言って人生を複雑にしないでください。傷と傷ではないことを区別すること。これが、傷つくことから自由になるための第一歩です。

「さみしいけれど、かまわれたくない」の正体

患者のヘウンさん。彼女の職場でのあだ名は「アンタッチャブル」でした。自分の仕事はそつなくこなし、業務遂行能力に関しては一目置かれていたものの、ちょっと雑用でも頼まれようものなら「それって私の仕事なんですか？」と、きつい口調で反論するところがありました。さっぱりした性格の彼女は、周りの人とは一定の距離を置き、昼食は持参した弁当をひとりで食べ、食事に誘われても「ガヤガヤしたところは嫌いだから」と断る。プライベートな質問には勘弁してよと言わんばかりの態度ではね返す始末。

見かねた同僚が、「毎回そんな態度はないんじゃないの」と指摘すると、「全員が全員、同じように生きる必要はないでしょう？　私は何でもひとりでやるほうが楽なの。任された仕事はきちんとやっているし、皆さんに迷惑をかけているわけでもない。それのどこが問題なの？」と言ってのけたそうです。

おひとり様の「合理的な主張」

ヘウンさんはなぜ、周りの人とつき合う必要などない、何でもひとりでできると考えるようになったのでしょうか。

彼女のように自分の領域を侵されまいとして壁を作るほどじゃないにしても、ひとりのほうが気楽だと主張する人たちが増えています。彼らにとって他人とは、ただ他人であるだけ。お互いに干渉することなく適度な距離を保ちながら生きられればいいと考えています。自立して自由な生活を追求しつつ、自分の喜びと安らぎが第一。人に気を遣ってエネルギーを無駄に消耗するのも嫌だし、自分が人に頼ることも嫌。結婚や出産など理解できないし必要性も感じられません。結婚しないのかとの質問には、こう問い返します。

「自分ひとり稼いで食べて行くのだって精一杯なのに、どうしてわざわざ結婚までして気疲れするような関係を増やすんですか？　おまけに子どもができたら、ますます自由じゃなくなるでしょう？」

こんなタイプの人たちは、自分の自由を他人に奪われる状況が耐えられないのです。世の中には楽しいことがいっぱいなのに、わざわざ人づき合いまでして複雑に生きる必要などない、ひとりでいるのが一番平穏なのだと考えています。

そんな彼らに対し、周りがあれこれ口出ししてはいけません。大人になった以上、どう生きるかは本人の自由だから。彼らが自分で選んだ生き方を尊重すべきです。

私もヘウンさんに対し、あれこれ言うつもりもありません。彼女がこれまでの人間関係で受けてきた痛みや憤りが想像に難くないからです。他人に対して壁を作り、距離を置いてきたのも、これ以上傷つきたくないという彼女なりの抵抗の表れなのです。

自立と孤立の大きな違い

ヘウンさんは自立した人間であろうとしました。誰かに頼ることは恥だと、トラブルに直面しても助けを求めず、徹夜してでも孤軍奮闘して問題を解決してきたのです。そんな自分へのプライドも育んできました。

自立性を良しとする現代社会の風潮も彼女の考えを焚きつけています。社会には、人に依存する生き方をする人に対し、どこかしら未熟で力不足の人間のようにとらえる向きがあります。それもあって、近ごろの人たちは他人の助けを借りることを恥ずかしく感じる傾向があるようです。

ですが、ヘウンさんが混同している点がひとつだけあります。それは「自立」と「孤立」です。このふたつはまったくの別物です。

自立とは、自分で自分の生活を営むことができる能力です。ところで、自立というのは、他人に頼るべき時には頼ることができる能力を前提にしています。生きていれば誰かの手を借りるべき時が必ずあります。そんな時、自立している人は堂々と助けを求めます。だから逆に人から助けを求められた時も、喜んで力になれるのです。他人の助けとは、ピンチを抜け出すために借りる一時的なものであり、主導権はあくまでも自分が握っているという自覚があるからです。

他人の手を借りることができない人たちは、誰かに頼った時点で主導権を明け渡してしまうのではないかと恐れています。それでは、自立ではなく孤立になってしまいます。ひとりでは決して打開できないような状況にありながら、孤立を招いてしまうのです。

私が心配しているのもそれで、彼女自身は、自分は自立している人間だと思っていても、実際は高い塀を巡らせた自分の城に閉じこもって、ただ孤立しているのではないかということです。いつか自分の城に侵入者が現れるのではないかと気が気じゃないのではないでしょうか。こうした過剰な自己防衛反応は、周りの人たちをも緊張させるものです。

感情には強い伝染力があり、またたく間に広がっていく属性があります。だからヘウンさんが、「私に構わないで。ひとりで満足だから」と塀を巡らせると、その空気を察知した周りの人たちも遠ざかるしかありません。彼女の行動が他人に直接の害を与えることがないとしても、感情的なしこりが社内の雰囲気を乱しているのです。

また、彼女自身は傷つきたくなくて周りと距離をとっていることも、相手側からしてみれば、悪いこともしていないのに一方的に線引きされたようで気分のいいものではありません。もし彼女が助けてほしいと訴えた場合に、喜んで手を差し伸べてくれる人がいるのか甚だ疑問です。

どうしても避けられない人間の本能

ひとりでいたいと豪語する人たちに聞かせたい話が、もうひとつあります。イギリスの精神分析家ロナルド・フェアバーンによると、人間が根源的に抱いている本能的欲動に、「対象を希求する本能」があります。他者と関係を築きたいという欲動は、避けられない人間の本能です。人間は誰かに頼りたがり、世話してもらいたがり、何でも共有したがります。うれしかったことや楽しかったこと、おいしかったものなど、ひとりきりで経験するよりも誰かと共有したいのです。面白いものを見つけたからと母親を呼ぶ動物は人間のほかにいないでしょう。

私が他人の必要性を感じたのは、ちょっと意外な場所でした。学会のためにスペインに赴いた時のことです。ひとりで行動するのが好きな私は、その日もバルセロナの街をあちこち見て回りました。誰に気兼ねすることもなく、行きたいところに好きなだけ行けるので楽しくてたまりません。「どうりで皆、ひとり旅をするわけだ」と納得していました。夕方になり、サンセットで有名なとある城の塔に上った時のことでした。茜色に染まりながら沈みゆく夕陽を見つめていたら、胸がキュンと高鳴って、思わず「ああ、なんてステキなの！　そう思わない？」と声に出して言っていました。しかし、応えてくれる人は当然いません。「そうだった、私、ひとりで観光してたんだった」と、隣に誰もいないという事実に気づいた途端、急に物寂しく、心細くなりました。「ステキだね」と言えば「ほんと、ステキだね」と応えてくれる人、「これ、すごくおいしいよね！」と言えば「うん、すごくおいしいね！」と応えてくれる人がいること。当たり前のようなことが、いかに大切かという事実を改めて実感した出来事でした。

自分ひとりだけの経験や感覚は、記憶の中でも色褪せやすいものです。一方、誰かと共有した記憶は、思い出となり、歴史となります。相手との記憶が心に残ることで、より深く意味づけられ、広がっていくのです。

ひとりでももちろん悪くありませんが、2人ならよりよし、3人ならなおいいでしょう。他人との関係に苦しめられ、ひとりでいることを選んで心を閉ざしてしまった人、だからひとりでいたいと主張している人は、ぜひ一度考えてみてください。今ここにいるあなた自身の存在を認めてくれる人がいなくても、本当に大丈夫なのかどうかを。

凍りついた心を溶かすには？

ヘウンさんは、少し前に、ある後輩からこんなことを言われたそうです。

「先輩、私たちは、先輩のことが好きだから一緒にやりたいんですよ」

その言葉に対して彼女は、「好きでいてくれるのはありがたいけど、私はひとりが気楽なの」と答えたそうです。しかし、「好きだから一緒にやりたい」と耳にした時、きっと内心はうれしかったんじゃないでしょうか。私は、その後輩の方が、この先も諦めずに積極的に彼女に声をかけてくれることを願っています。凍りついた心を溶かすのに、誰かの思いやりほど有効なものはありませんから。

心の中の「マイナス感情」と向き合う4つの方法

いつも親切でやさしく、人づき合いも円滑な人たち。

「あの人は本当に性格のいい人だよ。しかめっ面しているのを見たことがない」「天使みたいな人だね。夫婦げんかなんか一度もしたことがないんだって」。

周りからこんなふうに言われて、驚きと尊敬の眼差しを浴びている彼らにはある共通点があります。憎しみ、怒り、恨み、嫉妬、妬みなどのマイナス感情が浮かび上がるたびに、すぐさま我慢して打ち消そうと過剰適応をしているという点です。

こうした人たちは、相手に対して不快感を抱いた瞬間に、自分は悪い感情を抱く未熟な人間だと自分を責め、ゆううつになるのです。

ところで世の中に、「悪い感情」なんてあるのでしょうか？　すべての感情は正常です。ただ、度が過ぎた極端な感情が問題であるというだけです。

嫉妬、怒り、憎しみとどう向き合うか？

例えば、友人のことをうらやましく思った時、「私はなんとちっぽけな人間なのか」と自分を責める人。しかし、うらやましく思ったからといって、人の道に外れるようなことはありません。その感情をコントロールできず、友人に危害を加えたりしなければ何の問題もないのです。友人のことをうらやんでいると自覚したら、自分は影響を受けやすい人間なのだと認めればいい。そして相手への感情を自分を磨くエネルギーに昇華して、お互いにとってよい関係につながるよう行動すればいいのです。こうして自分の感情をコントロールできると、他人が抱くマイナス感情にも寛容になれます。

腹が立った時も同じです。自責傾向の人たちは、怒りの感情を感じた時に自分が制御できなくなることを恐れますが、この時、あまりにも感情を抑圧すると自らを蝕み、病気を誘発する恐れがあります。

もし、怒りの原因が相手の不条理による納得できないようなことならば、相手に対し自分が怒っていることを伝えたり、これ以上自分が傷つくことのないように自衛するなどしたりして、状況を改善していくこともできます。それでこそ悪循環のループを断ち切ることができるからです。

抑え込まれた感情はよどんでいく

しかしこうしたマイナス感情を抱くこと自体が許せない人たちは、少しでもその兆しがあると自分を責め、感情を押し殺そうとします。自分の感情を相手に悟られたら、その瞬間に大事な関係が壊れてしまうのではないかと恐れているのです。だからどんなにカチンと来ても表に出しません。

このような性格の特性は、幼少期に形成されるケースがほとんどです。子どもがむずかったり駄々をこねたりした時に、親が必要以上にきつく叱ったり、または無視したりすると、子どもはそれが正しくないことだと判断し、マイナスの感情を決して表に出してはならないと認知します。こうして正直な感情が理解できず、コントロールの仕方を学べなかった子どもは、大人になってもマイナス感情を感じるたびに動揺し、抑圧します。

押さえ込まれた感情というのは、そのまま浄化されることなくよどんでいきます。だからこそ、ある感情が浮かんだなら、その感情を静かに見つめてください。もし怒りの感情が湧いたら、「私は今、この人に対して怒っているんだな」と自分の気持ちを認めてください。それがないと感情を見つめることもできず、何が原因だったのか、どう対応すればいいのかもわからず、適切に調節する機会を失ってしまいます。

したがって、マイナス感情を抱いたからと自分を責める必要はありません。
もしあなたが、このままではいけないと毎回悩んでいるようなら、次の方法を試してみてください。

①感情を理解し、受け入れる時間を持つ

マイナス感情が浮かんだ時は、まずは自分の感情に対する恐れを捨て、その感情がどのようにして生まれたのか、これからどうなりそうかを考えてください。感情は抑え込もうとすると一層膨らんでいくものです。

ゆえに、感情が自然に流れて行くように道を開けておきましょう。感情は時間の経過とともに流れ、薄れていきます。

これは、勢い任せに噴出させていいという意味ではありません。感情には恐るべき破壊力があるため、一度に噴出させると気持ちがすっきりするどころか、心拍数が上がり不安感が増すこともあります。解決するのは、十分な冷却期間をおいてからがいいでしょう。

感情に負けないための最善策は、自分の感情を正しく知ることです。どんな感情であれ、自分の心の持ち方で変えられるということを知ると、感情がコントロールできるようになります。

②感情を表現する時は、「私」が主語の文章で表すこと

自分の感情をきちんと理解したあとは、それを相手に対して素直に伝えるテクニックが必要になります。

人間の感情表現は、愛されたい、理解されたい、ほめられたい、守られたいという欲求を満たすために行われています。

自分の欲求を満たしつつ、相手の感情も受け入れて円満な関係を築くためには、感情表現の際に相手のせいにせず、自分を主語にした「私は〜と感じた」という文章を使ってください。

「私は、あなたが約束の時間を破ったことが嫌だった」「私は、あなたが他の意見を無視する時に腹が立つ」……というように、「私」を主語にして文章を組み立てると、純粋に自分の感情を相手に伝えることができます。感情のすれ違いがエスカレートすると「あなたにはがっかりした」「あなたのせいで腹が立った」など、相手のせいにした言葉がどうしても出がちです。すると相手も、自分を守ろうとして言葉を重ねるだけとなり、瞬く間に大げんかに発展します。だからどんな瞬間にも、感情を表現するためには、その目標が、自分の感情を正しく相手に伝えるためであるということを忘れないようにしてください。

③すぐに爆発するタイプの相手には、できるだけ表現を抑えること

皮肉なことに、マイナス感情であればあるほど相手に伝わりやすいもので、共鳴現象を引き起こします。相手がイライラしていると自分もイライラしてしまうというものです。

したがって、すぐに爆発するタイプの相手には、できるだけ表現を抑えたほうがいいでしょう。そして、「あなたがそんなに腹を立てるなら、私だって腹が立つ。私たち、少し落ち着いてから話し合いましょう」というように、爆発した感情を静める時間を置くのがよい方法です。

④感情に忠実でも、過信は禁物

感情は基本的に快感原則に従うため、即時的な満足を追求します。したがって感情の振れ幅が大きい場合、何も考えずにそれに従っていると人間関係にも影響し、取り返しのつかない問題に発展することもあります。だから、現在抱いている感情が即時的なものなのか、この先どうなっても責任が取れるものなのか、一呼吸置いて考えてください。おざなりな感情表現による傷つけ合いは、こうして未然に防ぐことができます。

chapter 3

パーキンソン病の私が、楽しく生きている理由

22年かけて、パーキンソン病が私に教えてくれたこと

若い頃は、私は死ぬまで医師の仕事を続けるんだろうと思っていました。70になっても80になっても、患者と面談し治療することは不可能なことではないし、何より私自身、患者が立ち直るための後押しをするこの仕事が大好きで生き甲斐を感じていましたから。

ところが病気になってからというもの、あらゆることが一変しました。

パーキンソン病と診断されてから22年。今や私にとってパーキンソン病とは、招かれざる客のようなものです。我が家の居間にどっかりと腰を下ろして帰るそぶりも見せないその客は、図々しくも日に三度の食事が欠かせず、もてなされないと暴れ出して家をめちゃくちゃにしてしまう。

そんなとんでもない存在なので、つき合うだけで疲れるし腹立たしいのですが、それでもそうした気難しい客からでさえ、学ぶことは案外あるものです。

①無理に短所を改めるより、長所を伸ばすほうに集中する

自分の苦手なことを一定レベルにまで引き上げるのには、膨大なエネルギーを要します。

パーキンソン病の私の体は、まるで家を背負って這い進むカタツムリのようです。それでも頭からの命令どおりに体がついてきてくれれば少しはましですが、今ではそれも難しくなりました。

私の場合は、まず右足から弱って引きずるようになりました。右足を動かそうと力を入れてもびくともしない。ところが、自由が利く左足から動かしてみると、不思議と右足もついてくるのです。その瞬間ハッとしました。弱いほうの右足を無理に動かそうとするより、元気な左足を鍛えて動かせば前に進める――。

つまり、短所を改めようと苦労するより、むしろ長所を集中して強化したほうが、ずっと効率がいいということ。

限りある時間を有効に使うためにも、短所を引き上げるのはひとまず置き、その分、長所を伸ばすことに使ってみてください。より強化された長所が短所をカバーしてくれます。それと同時に短所に悩んでいたストレスも軽減され、多少のことでは揺らがなくなります。

短所を堂々とさらけ出せる人が人一倍強いと言われるのは、そういうことなのですね。

②ミクロの美を発見する

忘れもしない、医科大学3年生の秋、図書館からの帰り道のことでした。気がつけば街路樹がすっかり裸になっていたのです。つい先日紅葉したと思ったのに……。私はただ、図書館に閉じこもって必死に勉強に打ち込んでいただけなのに、なんだか大切なことを見逃してしまった気になりました。しかしその後悔も束の間、すぐにまた目まぐるしいだけの日常に戻ったのですが……。

ところが病気になった今、歩く速度が極端に遅くなったりベッドにいる時間が長くなったりしたことで、それまで気にもとめなかった世界が目に飛び込んでくるようになったのです。身の周りをじっくり見ているうちに、一滴のしずくにさえ世の理《ことわり》と美があることを発見しました。夜通し痛みに耐え続けた明け方、不意に見上げた黎明《れいめい》の空があれほどまで美しいことも、ずっと知らずにいました。

また、以前は何の気なしに与えていた金魚のえさも、今はゆっくり与えてみる。金魚たちが小さな口をパクパクさせている姿のなんと愛らしいこと。寝入ったばかりの赤ん坊が口元に浮かべるほほ笑みや、暗い夜道を照らす街灯の明かり、うたた寝から覚めた時に見る窓の外に広がる銀世界。そんな小さな一瞬が、愛おしく、美しいのです。

黒柳徹子の自伝的小説『窓ぎわのトットちゃん』（※1）に、こんな一節があります。トモエ学園の校長先生の言葉です。

「世に恐《おそ》るべきものは、目あれど美を知らず、耳あれども楽《がく》を聴《き》かず、心あれども真《しん》を解《かい》せず、感激せざれば、燃えもせず……の類《たぐい》である」

パーキンソン病になっていなかったら、私はきっと今も世界の美しさに気づかないまま生きていたかもしれません。沈みゆく夕日の美しさやそばにいてくれる人の手のぬくもり、その温かさがくれる慰め、そして人生が、いかに貴く驚きに満ちているのか――。そんなことが、今ではわずかにわかったような気がします。

③苦しい時間はいつか必ず終わるもの

耐えがたいほどの痛みで歩くこともままならず、這って移動しなければならない時。またはそれもできず、ただベッドでのたうちまわるだけの時。その苦痛は筆舌に尽くしがたいものです。同じ病で苦しむある人が、その痛みをこう形容しました。

※1　黒柳徹子著、講談社文庫

「体中の骨や肉が、トンボの羽のように震える。あまりの激痛に、このまま死なせてくれと訴えているようだ。この苦しみから解放してくれと」

その言葉を聞いた瞬間、ボロボロと涙があふれました。私も激痛に終止符を打ちたくて、窓から身を投げようと思ったことがあったから。特に明け方、家族が寝静まる中、たったひとりでその痛みにもがいている時など、いっそ死んだほうがましだという思いが何度頭をよぎったことか。しかし、それでも本気で死のうとまでは思いませんでした。というのも、痛みに耐えていると、ほんのしばらく痛みが和らぐ時間が必ず訪れたからです。

痛みは24時間ずっと同じ強度で続くわけではありません。痛みと痛みの間に少しだけ痛みが和らぐ時間が確実にあるのです。だから私はその時間が来るのをじっと待ちました。薬を飲んで、動ける状態になるのを待ち続けたのです。

そして、ようやくその時間になると、その時にできることをできる限りやりました。食事を取り、運動や散歩をし、買い物にも出かけ、友人とおしゃべりもしました。

「待つ時間」はいつしか、私にとって「希望」になりました。待っていれば必ず痛みが和らぎ動ける時が訪れる。痛くてつらい時は、次に動ける時が来たら何をしようかと想像しながら耐えます。

「昨日は尾骨《びこつ》まで痛かったけど、今日は横になることもできるわ」「今日は薬が2時間しか効かなかったけど、明日はどうかしら」「体は動かせないけど、指だけなら自由に動く。ありがたいなあ」。

昨日より少しでも楽な日があれば、その逆の日もあります。それでも簡単に絶望したりしません。明日はまた何かが変わっているはずですから。

パーキンソン病と診断されてから22年。その間、大小5回の手術を受けつつ、良くなったり悪くなったりを繰り返してきました。今日もとても苦しかったのですが、数時間がまんしていたら少し和らいできて、こうして文章を書いています。

誰でもつらいことに直面すると、いつまでこの苦しみが続くのかと絶望します。ですが、今の苦しみも必ず過ぎ去る時が来て、良い時が訪れるのだと考えることができれば、今日一日の過ごし方も違ってくるはず。あなたが今、人生の冬の時期を過ごしていると思うなら、忘れないでいてほしい。必ず春は来るということを。

④謙虚さを学ぶ

「先生、ずいぶんと変わられましたね」

いつからか、患者たちにこう言われるようになりました。穏やかで、表情も柔らかくなったというのです。その秘訣は何なのかと尋ねられるたびに、私は笑いながらこう答えます。

「病気が私の先生ですよ」

確かに、パーキンソン病になってから包容力でも増したのか、他の人たちの痛みに以前より共感でき、世間の出来事に対しての理解度も深まったように思います。昔は、意見の合わない相手にはとことん説得を試みていたのですが、今はただ待っています。「きっとまだ相手はこの意見を受け入れる準備ができていないんだ。その時が来たら、きっとわかってくれるはず」と考えるようにしているのです。それに今は、自分の限界をよく心得ているため、謙虚にならざるを得ません。病を知らなければ、若い頃のように厚顔無恥のまま生きていたかもしれませんが、近頃では失敗したってすぐに認めて、すんなり謝れるようになりました。

「これは私のミスです。まだあなたに受け入れる準備ができていないのに、私が焦り過ぎてあなたを傷つけてしまいました。本当にごめんなさい」

こんなことが言えるようになったのです。

⑤やっぱり強い、ユーモアの力

私の病気のことを初めて聞いた人たちは、たいてい、どう反応すべきなのか戸惑った様子を見せます。慰めるべきか、あえて深入りしないほうがいいのか。彼らの表情が物語ります。そんな時は必ず、私から先に笑顔でこう言います。

「私も昔は美貌と財産が売りだったんですけどね。年を取って気がついたら、残っていたのは病気と借金だけだったんですよ」

すると、曇っていた相手の表情がゆるみ、私と接することも少し楽になるようです。

私がパーキンソン病であることは隠しようのない事実ですが、だからと言って「闘病中です」と暗い顔をして生きていたくはない。冗談を楽しみ、皆と笑いながら生きるほうを選びたい。だから例えば、食後の会計の時もこんな具合です。

「私が歩行困難になって一番得したことは何かご存じ？　食事をごちそうしてもらえることですよ。だって私がレジにたどりついた時には、とっくに会計が終わってるんですからね。だけど今日の席だけは、私にごちそうさせてもらえませんか？」

場の雰囲気もなごみますが、不思議なことに、こうしたユーモアを口にする時は、自分の病気が少し軽くなったように感じられ、気分までよくなるのです。ユーモアが病気の重みを軽やかにしてくれるのですね。

話のついでに、私が自分につけたあだ名もお話ししておきましょう。「スリー・アワーズ・ウーマン（3 hours woman）」です。薬を飲むと3時間だけ動けることから命名したのですが、我ながら気に入っています。「出でよ！　スリー・アワーズ・ウーマン！」「今日はスリー・アワーズ・ウーマンじゃなくてトゥー・アワーズ・ウーマンだわね」などと使うのですが、やはり、ユーモアの力は大きいです。ユーモアは、言う人と聞く人の両方を重く暗い空気からすくい上げ、明るく笑わせてくれます。

それでも症状がつらく苦しい時には、がんの闘病中である李海仁《イヘイン》（※2）修道女の詩「病床日記」を声に出して読みながら、勇気をもらっています。

今日は薬を飲まないことにしました
以前、一度くらい
飲まなくても構わないだろうと
少し諦めて
叱られたこともあったっけ

だけど今日一日は患者でいたくなくて
薬を飲まないという無茶な決心をしてみる
人前では元気に振る舞いはすれど

薬を飲まずに生きている人たちのことが
近ごろは一番うらやましい
病院に通わなくていい人たちが
心底うらやましいのです

だから今日の一度くらいは——
何度もはできないだろうから
今日一日だけ
自分を許してあげようと思うのです

※2　李海仁（1945〜）：カトリック修道女、詩人。1976年、初詩集『タンポポの領土』刊行。2008年に直腸がんの手術を受け、翌年から釜山で療養している

もっと幸せになれるのに、ブレーキをかけていたのは私だった

若い頃は、年を取ることを他人事のように思っていたものです。周りが年を取って老けていっても、自分だけは変わらないだろうと。しかし時間は正直です。その歳月は私の体と心にしっかりと刻み込まれて、今に至っています。

宿題をこなすように息を切らした日々

65歳——。生きてきた時間より、これから生きていく時間のほうが短いのは間違いありません。それなのに、私ときたらいまだに子どもっぽい部分があります。思春期の少女のように衝動的で感情的、おまけにセンチメンタル。まだまだやるべきことも、やりたいこ

とも山のようにあるのに、残された歳月のほうが少ないなんて……。

「夢のように歳月が過ぎた」というフレーズは、小説に登場する老人だけのものと思っていたのに、まさにその通り。これまで歩んできた道のりを振り返ると、私が歩んできた日々も遥か遠い夢のようです。

宿題をこなすように息を切らした日々、うまく立ち回れず、ただ置いていかれまいと必死に走り続けた日々。いろいろと思い出すうちに、やり残したことや、逃してしまったこと、悔しかった気持ちまでもが思い出されてきましたが、もうあの頃には戻れません。ああ、人生の儚《はかな》さよ！

思い出とともに、身近な人たちの顔も浮かんできました。

一緒に年を重ねてきた夫、仲間、そして友人たち。その後ろには、少女の頃の私をほうふつとさせる好奇心いっぱいの子どもたちの姿。

過ごしてきた時間の長さにかかわらず、ともに歩んできた人たちの笑顔が見える——。

今さらながら、彼らに囲まれている事実に胸が熱くなります。年を取りながら多くのことを失ってきたと思っていたのに、実際は残っているもののほうがずっと多いようです。過ちだらけで時に人を傷つけもする、そんな不完全な私を気にかけ、愛してくれる人たちに囲まれていたのです。なんとありがたいことでしょう！

私の幸せを邪魔していた「醜い欲望」

私は、自分が思うよりずっと幸せな人間でした。どうやら目先のことしか見えない近視眼的な私の目が、それを映さなかっただけ。失ったことを悲しむあまり、そばにある大切なことに感謝できていなかったのです。

何よりも、足ることを知らない私の欲望も幸せを邪魔していました。誰よりももっと賢く、完璧な人間になって周りに認められなければ——。そんな自分に向けた過度な期待が、結局は自分自身を幸せから遠ざけていたのです。人間の欲望にはキリがありません。いつまでも不安が絶えなかったのは、「完璧な私じゃないと誰にも認められない」といった思い込みが根底にあったからにほかなりません。

幸せは、むしろ、手放すことで訪れました。一度は諦めた欲望や自分に対する過度な理想、世の中はこうあるべきといったこだわり……、これらすべてを手放すこと。これこそが、ありのままの自分と世の中を見つめて、自分の人生のハンドルを握って幸せに向かう近道なのです。

行き過ぎた理想を手放してみたら、自分にも他人にも寛大になれました。お互いを思いやり、愛する方法を学ぶこと。ともすると、真の大人になる道のりは、その寛大さを学ぶ

chapter 3　パーキンソン病の私が、楽しく生きている理由

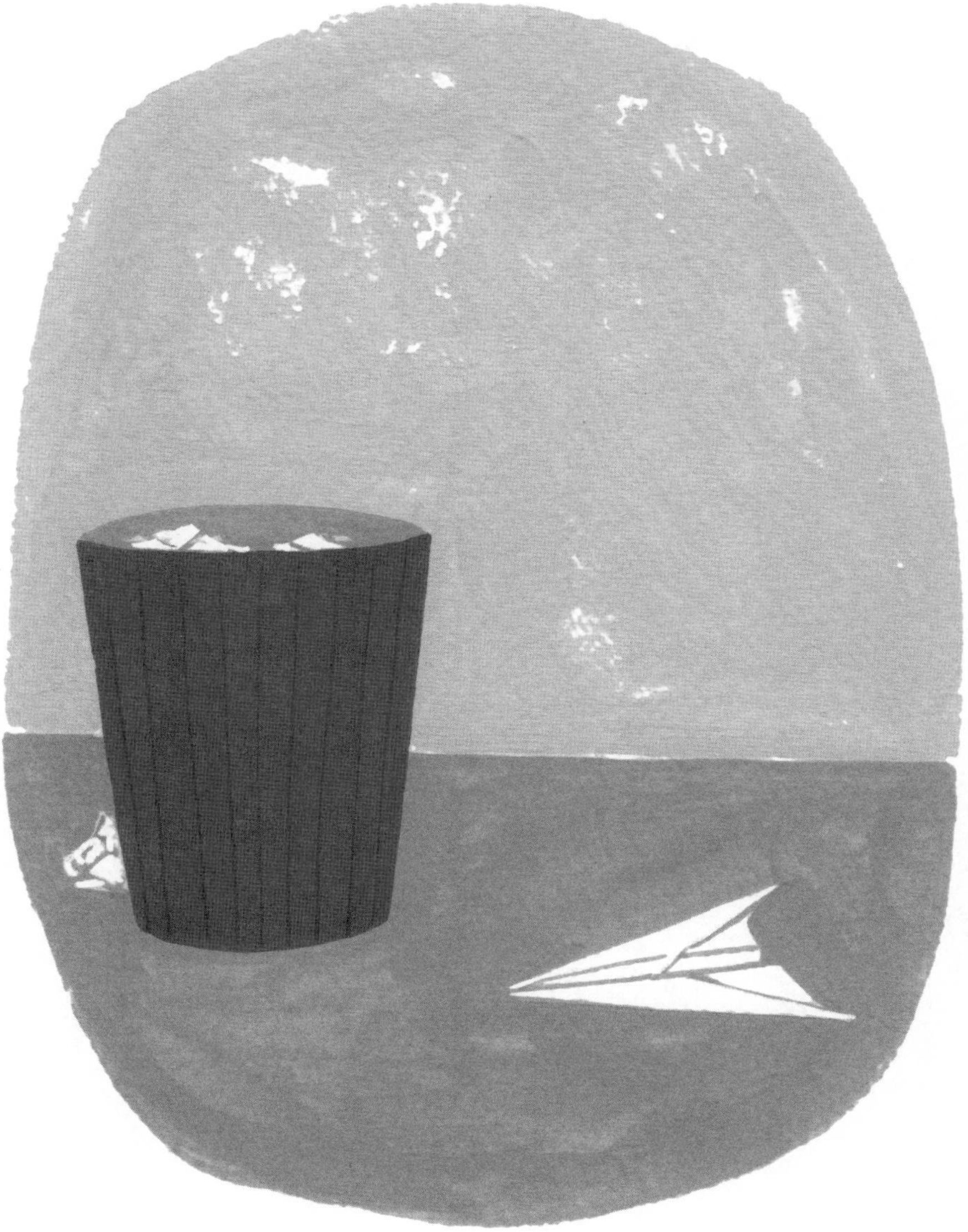

道のりかもしれません。そして、心の平穏と幸せとは何か、本当に大切なことは何か、人生とは何か――、そんなことを学ぶ過程でもあるのでしょう。

そんなことを考えていたら、私の心の中に住む傷ついた子どものことが急に愛おしくなりました。温かく見守りながらあやしてやると、むずかっていた子どもはいつしかスヤスヤと眠りにつきました。

この子に必要なのは、ほかでもない私自身の愛情だったのです。私がもっと寛大になれれば、成長することを止めていたこの子も少しずつ育っていくのでしょう。

生きるということは、死の直前まで止むことのない成長の道のりです。成長は、人生で大切なことは何か、真の幸せとは何かという学びの中にあります。

だから私は、今日もひとつひとつ、じっくり学び続ける。過ぎてしまったことは追わず、新しいことを受け入れること、人を慈しみ、感謝し合うこと、そして、人生の小さな幸せを噛みしめながら楽しむ生き方を。

心から憎い相手を許した本当の理由

深刻な精神疾患で数年間を病院で過ごしていた患者がいました。被害妄想と幻聴に悩まされていた彼女の治療には、サイコドラマを頻繁に取り入れていました。彼女が設定する即興ドラマは、主に父親に向けられたものでした。彼女の父親はアルコール依存症の上、気難しい性格で、幼い彼女を学校にも行かせずひどい虐待を加え、お金まで稼がせていました。誰に保護されることもなく苦痛の中で育った彼女は、心を蝕まれていました。

「憎い父が死んだ」その時に出てきた言葉

そんな彼女の即興ドラマは、見ているこちらも苦しくなるほどでした。彼女の心を固く

閉ざさせた父親に対して怒りが湧き、彼女に同情しました。怒り、復讐、そして愛憎。彼女のサイコドラマはいつまでも堂々めぐりを続けるだけ。サイコドラマが10回ほどを過ぎた時、私たちは劇中で彼女の父親を殺すことにしました。「父親危篤の知らせを聞き、彼女が訪ねていく」というシーンを設定したのです。そして、父親の死の場面では役割を交替しながら、お互いに言いたいことを言い、遺言を残すことにしました。

即興ドラマが始まり、演出家の発した「父親が危篤だ」というセリフを聞いた彼女が見せた反応は驚くべきものでした。突然舞台に飛び上がると、激しく泣きじゃくりながら叫び始めたのです。

「死ぬなんて早すぎる！　まだお父さんには復讐することがたくさんあるのに！　お父さんには言いたいことがまだまだたくさん残っているのに、私はどうしたらいいの！」

私をはじめとする参加者全員が涙をこらえきれませんでした。

彼女自身、父親を憎み、その死を望みながらも、最終的には復讐を企てていた自分自身を許してやる、という場面で劇は終わりました。その後、参加者が一堂に会した席で彼女が放った言葉にも驚かされました。

「まだ、父を許したわけじゃありません。父は絶対に許されていい人間ではありません。ですが、そんな父のせいで私も自分自身を破壊し、現在と未来を台無しにしているという事実に気づいたんです。だからこれからの私自身のために、父を憎むことも、復讐しようと思うこともやめるべきなんだなって……」

私は大きくうなずきました。ああ、これほどまで深く蝕まれた患者なのに、私よりずっと建設的だったなんて！　彼女は自分自身だけでなく、サイコドラマの参加者全員を治療していたのです。

「我、過ちを犯す。ゆえに我あり」

人間の感情とは、飴玉をせがむ幼子みたいなものです。感情は、理性では絶対できないようなことも衝動的に犯してしまいます。大人ならはばかられるような子どもじみた行動や発言も、感情に突き動かされると瞬時に飛び出し、ナイフのように相手を傷つけもします。直後には後悔したり恥じたりするのですが、翌日にはケロリと忘れて、また同じことを繰り返します。それが人間の生きる姿なのです。まるで、「我、過ちを犯す。ゆえに我あり」と言わんばかりに。

しかも人間は、自分のしたことよりも他人にされたことのほうにより敏感に反応し、それを長く記憶します。感情が足るを知らず自己中心的だからです。特に幼少期はまだ自我の発達が十分でないだけに、挫折や心理的な衝撃に対する理解や処理が追いつかず、感情反応が過剰になります。子どもの頃に受けた心の傷が、まるで雨の日に古傷がうずくように、大人になっても大なり小なりの影響を与えるのはそういうわけです。

また、人間の感情の中でも、特に、ネガティブなことに対する記憶力はずば抜けています。幸せで楽しかったことはあっさりと忘れるくせに、侮辱や痛みを受けたことはいつまでも鮮明に覚えていて、つい今しがた起こった出来事のように反応してしまうのです。

怒りや憤りは、自分を守るための感情です。しかし、度が過ぎれば過去の記憶や感情が何度もぶり返し、前に進めなくなってしまいます。怒りにとらわれた人には、ただ傷ついた過去があるだけ。自分を傷つけた相手への復讐に気を取られ、本当に大切なことを見失ってしまうのです。

「あの毒親が私をめちゃくちゃにした。やつらが私にしてきたことの行きつく先を見せつけてやりたい」

モラハラ傾向にある両親の下で抑圧され、自立性を奪われたある患者が吐き出した言葉です。この患者は親への怒りに震え、復讐を胸に生きてきました。患者の考えた復讐方法は、自分が凋落《ちょうらく》することで親の期待を裏切り、彼らの過ちを証明するといったものでした。

しかしこれでは、肝心の患者自身まで破滅してしまいます。

「許す」とは、相手ではなく、自分のための行為

かく言う私も数年前、ある人が憎くてたまらなかったことがありました。顔から笑顔が消え、食欲も落ちて不眠症に悩まされるまでになりました。眠れないまま、明け方までベッドでイライラしていた時、ふと思いました。「これじゃ私自身がダメになってしまう」。私にとってそれほど重要な人物でもないのに、そんな相手のせいで自分が壊れてしまっては元も子もないと気づいたのです。その瞬間、煮えくり返っていたはらわたがウソのように落ちつき、穏やかな眠りにつけました。冒頭で紹介した女性患者のように、私もまた、許しとは他でもない自分のためにするものなのだと悟った瞬間でした。

許しとは、心の中の怒りや憎しみを手放す作業です。自分の心が落ちつきを取り戻し、過去に縛られることなく、現在と未来を見つめて飛び立てるようにする作業です。

また、許しには、相手に対する「こうあるべき」という理想を捨て、現実をそのまま認めて受け入れる作業もあります。つまり、相手も自分と同じようなどうしようもない人間

なのだという事実を受け入れ、相手に費やしていた無駄なエネルギーを自分に取り戻す作業とも言えます。

こうした許しは、他人に対してだけでなく、自分自身に対しても必要です。ノンフィクション小説『モリー先生との火曜日』(※3)の中で、難病ＡＬＳで余命わずかとなったモリー先生が、教え子のミッチに遺した許しに関する素晴らしい言葉をここでご紹介しておきます。

「許さなければいけないのは、人のことだけじゃない。自分もなんだ」(中略)

「私はいつも、もっと仕事をやっていればよかったのに、と思っていた。もっと本を書いていれば、とか。そう思っちゃ自分を傷めつけていたものだよ。今では、そんなことやってもむだだったことがわかる」(中略)

「自分を許せ。人を許せ。待ってはいられないよ、ミッチ。誰もが私みたいに時間があるわけじゃない。私みたいにしあわせなわけじゃない」

※3　ミッチ・アルボム著、邦訳版は別宮貞徳訳、ＮＨＫ出版

私の悲しみを背負ってくれた友人たちのこと

長く生きてきた分だけ、たくさんの友人たちと出会ってきました。もはや顔も名前もおぼろげな、ままごと遊びをした幼き日のお友だち。手をつないで一緒に登下校した友人、永遠の友情を誓って交換日記をしていた友人。生きる意味と愛を論じて一晩中飲み明かした友人、挫折と絶望の中でさまよう私を訪ね、話を聞いてくれた友人。人生の節目ごとに喜びと悲しみを分かち合った友人、私の人生に光をくれた友人……。

学校生活を通して出会った友人たちは、定められた枠の中で受動的に出会ったため、進級や引越しでもあれば疎遠にならざるを得ない関係でした。

しかし、大人になってから出会った友人は違います。自分の意志で選んだ友人たちであり、すでに自分のアイデンティティも確立しているため、思春期の頃みたいに毎日顔を合わせていないと不安ということもない。こうした成熟した友人関係には、適度な距離感が保たれています。小さなすれ違いがあってもがまんができ、必要であれば耳の痛いことも言い合える。そんな互いの考えや気持ちを自由にやりとりできる関係です。

いくつになっても友人は重要です。人間は無力な存在ですから、人生の重みを分かち合える友人の存在はありがたいものです。

40代を切り抜けるヒント

特に40代は、サンドイッチに例えるとパンに挟まれた具のような立ち位置で、上下から同時に飛んでくる要求の板挟みになる世代です。家事や育児、仕事にと目まぐるしいのに、周囲はそれを当然と見なします。泣き言など言おうものなら、自ら無能だと認めてしまうようでため息ひとつもろくにつけない。しかし人間は全知全能の神ではありません。どうしても解決できない弱い部分があるものです。

また、40代は配偶者との葛藤もあります。自分も配偶者も年を取り、性的魅力が衰えてくるものですが、夫婦の中には、この自然な変化を受け入れられずセックスレスになるケースもあります。かすがいとなっていた子どもたちの独立をきっかけに、新たな問題に直面する家庭も出てきます。

こうしたピンチを乗り越える力をくれるのが、共感してくれる友人の存在です。話を聞いてくれ、これからどう生きるべきかと一緒に考えてくれるありがたい人たちです。

人間は、関係の中で生き、関係の中で成長するものです。しかし時に、この関係がほころんで寂しくなったり、逆に関係が密になりすぎて息苦しくなったりすることもあります。そんな隙間をほどよく埋めてくれるのも、他でもない、つき合いの長い友人たちです。

彼らはこの悲しみに満ちた世界の心理的支柱となってくれます。友人にまつわる外国の格言に、「友人とは、私の悲しみを担ぎ行く者」というものがありますが、まさにその通りだと思います。

お互いにとって真の友人となるためには、「相手を丸ごと認めて配慮する」「どんな関係にもタイミングと限界があることを知る」「友情への過度な理想を捨てる」ということも忘れてはいけません。こうして得た友人は、自分のことをよく知り、好きでいてくれる人です。

私にもそんな友人がいます。近ごろ、目覚めるとすぐにスマートフォンでメッセージを確認しているのは、そんな友人たちのため。いつでも皆のことが気になるし、何か問題を抱えていれば自分のことのように心配になります。彼女たちにになら誰にも話せないような本音までさらけ出せるし、お互いに慰めあうこともできます。皆のことを考えるだけで思わず顔がほころぶのですから、恋愛みたいなものです。その友人たちというのは、30年ぶりに再結集した、高校時代の仲良しグループのことです。

30年ぶりに再結集した友人たちとのひと時

通常、高校生ともなると自分と似たような友人とつき合うものですが、私たち6人は、性格も成績も、家庭の経済事情までもがバラバラでした。共通点といえば、背が低かったことと、ゴロゴロするのが好きだったことくらい。我が高校では、新学期になると生徒を背丈の順に並ばせて番号を振り座席を決めていました。新学期にたまたま近くの席に座った私たちはすぐに意気投合し、授業が終わると毎日のように一緒に下校し、誰かの家に集まっては毛布に足を突っ込んでその家のおやつを食べ漁り、おしゃべりに勤しみました。「団結すれば立ち、分裂すれば倒れる」（United we stand, divided we fall）を合言葉に、私たちは片時も離れませんでした。好きな先生の話に花を咲かせ、ラジオから流れる音楽にときめき、時には両親や世の中に対する不満やストレスを思いきりぶちまけました。それでも私の姉が亡くなったことだけは、友人たちにはどうしても打ち明けることができなかったのですが……。張り詰めた気持ちの中でも高校を無事に卒業できたのは、彼女たちと過ごした時間があったおかげだと思っています。

そんな仲良しグループも、大学進学とともに少しずつ疎遠になりました。ところが、それぞれ子育てが一段落し、生活に余裕が生まれてきたタイミングで再び結集したのです。ただひとりだけ、どうしても連絡のつかない友人がいて心配していたのですが、ある日、病院の駐車場でばったり出くわしたではありませんか。ついに全員集合となった我がグループは完全に息を吹き返しました。

とても興味深いことに、再結集するまでずっと疎遠にしていたにもかかわらず、私たちは雰囲気や考え方までもが似通っていたということです。

以前、私の撮った水滴の写真を集めた小さな個展を開いた時、内輪だけのささやかなパーティを催しました。仲良し6人組が集まっておしゃべりをしていたら、ある人が近づいてきてこう言うのです。

「先生が6人姉妹だったなんて存じ上げませんでしたよ」

その瞬間、私たちははじけるように笑い転げました。ころころした体型に丸い顔、しゃべり方まで、きっと本物の姉妹みたいにそっくりだったのでしょう。それにしても、6人で会って話すたびに、それまでバラバラの生き方をしてきたにもかかわらず、考え方まで似通っていることには重ねて驚きます。

精神分析理論によると、青少年期の友人は、自分を映し出す大きなスクリーンの役割をするといいます。友人を通してアイデンティティを整え、自我の構造化を続けます。こうした貴重な時期を一緒に過ごしたから、私たちの価値観や態度の形成にも互いに影響を及ぼし合ったに違いありません。私たちは一を聞けば十を知ります。嫌いになれるはずもありません。

これからも手を取り合って、残りの人生を歩んでいく

作家サン＝テグジュペリは著書『人間の土地』（※4）で、友についてこう述べています。

「旧友をつくることは不可能だ。何ものも、あの多くの共通の思い出、ともに生きてきたあのおびただしい困難な時間、あのたびたびの仲違《なかたが》いや仲直りや、心のときめきの宝物の貴《とうと》さにはおよばない。この種の友情は、二度とは得難《がた》いものだ」

なるほど、古い友人であるほど大切に思えるのは、こうした理由からなのですね。

実際、私は友人たちの存在抜きには、この病気を耐えられそうにありません。日々一進一退を繰り返す私の症状を気にかけてくれる彼女たちには、弱音だって正直に吐き出すことができます。

ある日は「薬を変えてから数日間は調子が良くて期待したんだけど、またしんどくなった。このいたちごっこはいつ終わるんだろう。それとも慣れていくのかしら？」とメッセージを送り、またある日は、「薬効時間がどんどん短くなっているの。薬が効いていない時は飛び降りたくなるほど痛い。だけど私、あなたたちを置いて死なないわ。きっと大丈夫って歯を食いしばって耐えている。早く、前みたいに元気になりたい」と送りました。

時には夫や子どもたちへの愚痴までも。今、こうして私が闘病できているのも、八つ当たりせずに家族に笑顔を見せられているのも、最後まで話を聞いてくれる友人たちのおかげなのです。

60代になった今でも、私たち6人は1枚の毛布に足を突っ込んでゴロゴロし、おやつを食べながらおしゃべりをしています。変わったことといえば、病気の私を気遣って、集ま

※4　邦訳版は、堀口大學訳、新潮文庫

る家が毎回私の家になったことだけ。30年前の思い出にふけることもあれば、現在直面している悩みを打ち明けたり、未来を計画し、人生の意味を考え直したりもしています。そうやってひとしきりおしゃべりに花を咲かせると、体の痛みも少し薄れるように感じられます。

成長の痛みをともに味わい、それぞれが自分の生活を必死に生きて、人生の黄昏時《たそがれどき》に再会した私たち。堂々と年を重ねてきたお互いを称え合い、喜び合いながら、人生の後半をもっと楽しみ、意味あるものにしようと誓い合った大切な仲間。これからもみんなで手を取り合って、残りの人生をともに歩んでいきます。最後に私の願いをひとつだけ書くならば、この友人たちとできるだけ長く、一緒にいたいということだけです。

父との衝突から学んだ「人間の本質」

将来は、沈熏《シムフン》の小説『常緑樹』（※5）に登場するような、医療器具もそろわないような片田舎の病院で、病に苦しむ人たちのために奔走する医者になる――、幼い頃の私は、そんな夢を思い描いていました。ところが、これには父が猛反対。「女の仕事として、あまりにも過酷すぎる」というのがその理由で、私の医大進学にも首を縦に振りません。それでもどうしても医者になりたかった私は、医大だけを受験し、そして入学しました。この一件から私は、我が家で父の命令に逆らった子どもの第一号になったわけですが……。

医大に入ってからも父との衝突は続きました。当時、演劇や音楽などの芸事は社会でも底辺の仕事と見なされる風潮がありましたが、そんな時代にあって、私は医大の演劇部に

※5　沈熏（1901〜1936）による長編小説。日本統治下の朝鮮を舞台に、農村の若者たちの愛と奮闘を描いた

入ったのです。「勉強だけでも大変なのに、なぜわざわざ辻芸人みたいなことをするんだ！」と父に怒鳴られた記憶があります。

しかし、すでに演劇のとりこになっていた私は、何を言われてもその反対をつっぱねるだけ。夏休みの間もＴＯＥＦＬの塾に行くとウソをついて演劇部の練習に通っていました。つまり、私という人間は、これほどまで大人の意見を無視し、自分のやりたいことにまい進していたのです。そんな私にほかの人に忠告する資格なんてあるでしょうか。

人間は、自分に都合のいい言葉だけを拾う

忠告には、暗に「あなたは間違えている」というニュアンスが含まれています。

ところで、「間違えている」と指摘された瞬間、たいていの人はそれを認めるどころか、逆のことをしたがるものです。父の忠告を聞きながらも逆らい続けた学生時代の私を見ても明白です。

というわけで、私が忠告をあまりしない第一の理由は、私自身、忠告を聞くことが苦手だからです。「己の欲せざるところ人に施すことなかれ」と言うでしょう。それに、いく

ら相手のためを思って言ったとしても、相手にはまるで響かないこともあります。人間は、自分に都合のいい言葉を拾うだけで、結局は自分がやりたいようにやるものです。そんな理由から、私はできるだけ忠告を差し控えています。

それでも、相手の行く道が逸れていることに気づけば指摘してあげたいと思うのが人情というもの。大事な人の行く先に火の手が上がっているのが見えているのに、引き止めない人はいませんよね。そういえば、以前のカウンセリングで、こんなことがありました。

「先生、私の後輩のことなんですが、本当に呆れます。相談があると言われたから聞いてみたら、10年前に聞いた悩みとほとんど変わっていなかったんです。10年も前ですよ？　その間、あの子は成長していなかったんでしょうか？　何も改めていない後輩に開いた口がふさがりません」

その訴えを静かに聞いていた私は、相談者に尋ねました。

「では、あなたはどうです？　10年前と比べて成長していると思いますか？」

誰しも、10年前より成長していたいと思うもの。少なくとも、同じ問題に関しては次こそスマートに対処したいと思っています。ですが、人間というのはそんなに簡単に変われないものなのです。

そんな私も、問題によっては10年前に使ったやり方で対処することがあります。ただし以前と今とで違うのは、今は「ああ、私はまたこのパターンにぶつかっているんだ」と自覚できていて、自らコントロールしようとする部分が大きいことです。結局、人の変化というのはせいぜいその程度なのです。精神分析治療に長い時間を要するのも、人間が自分の問題と原因を認識することまではできても、改善パターンになかなか対応できないからにほかなりません。長い時間をかけて、ひとつずつ絡まった結び目をほどいていきながら、人間は成長し、変化していけるのです。

火に向かって突き進んでいるのに聞く耳を持たない相手に対し、腹が立つ気持ちはわかります。ですが腹を立てたって、相手のためにも問題解決にもなりません。また、アドバイスをする時も、自分はただ話をするだけに留め、その話で相手が変わることまでは期待しないことです。

研修医たちに必ず伝えること

そもそも、自分のほうが間違えている場合もあります。そんなことがあるので、私は、研修医たちに対しても忠告は基本的に控えています。

スーパービジョン（※6）という、研修医が患者の治療事例を発表する時間があります。ここで私は、指導者として彼らの発表に対してコメントするわけですが、まずその初日、私は彼らに向かってこんな話をしています。

「この時間は、私が指導する時間ではなく、この場にいる皆で学んでいく時間です。これまでの私の経験から、皆さんが考えつかなかったことを伝えられることもあれば、逆に、皆さんのほうが新たな視点を持っていることもあるでしょう。ですから、お互いの視点を共有しながら、ともに答えを探していきたいのです。そのために、皆さんがすべきことがあります。私が何を言ったとしても、皆さんは"I don't think so"（私はそうは思いません）という言葉から、話し始めてほしいのです」

私の話を一方的に聞くのではなく、「違うんじゃないか」と意見を言ってほしいという意味です。こうすれば研修医たちも自分の意見を言わざるをえません。

そのためには、たとえ間違えていたとしても、彼ら自身で答えを探すことになります。もし私がただ一方的に教えるだけなら、それが正解でも不正解でも自分のものとして消化できない。やはり、自ら苦労して得た答えに勝るものはないのです。

※6　医療や福祉、介護、教育などの現場で用いられる助言や指導の方法

もし、あなたが忠告してあげたいと思っている相手がいるなら、まずはその相手が自分の忠告通りに行動してくれるはずという幻想から捨ててください。

きっと相手は、あなたの忠告を聞かないでしょう。ですから、あなたができることは、じっと相手の話に耳を傾けること。そしてその後で、自分の意見を慎重に言うことです。どう行動するかは相手に委ねます。

結果的に相手が誤った道を選択して後悔することになったとしても、それはその人の責任であるだけです。

他人から振り回されずに自分を守る「4つの視点」

「嫁の分際で私に楯《たて》突くんですよ！　こんなによくしてやってるのに」

「お姑さんが理不尽なんです。どうしたらいいでしょうか」

私の本を読んだ読者からこうした相談を受けるたび、一緒に頭を抱えてしまいます。嫁姑問題には私も悩まされているひとりですからね。

わが姑は、男女が同じ席で食事を取ることすら考えられなかった時代の人ですから、成功した殊勝な息子が結婚し、その息子の世話をすべきはずの嫁が、結婚後も働き続けているということが苦々しくてたまらなかったようです。

私としては、軍医の夫の給料だけでは頼りないこともあって共働きを選んだのですが、それにもかかわらず義父母の夕食の準備だけはしっかりと課せられていて、当時は仕事で帰りが遅くなるたびにヒヤヒヤしていました。あまりの理不尽さに意見でもしようものなら、姑はいつもこんなひと言でとどめを刺しました。「あなたの言いたいことを、私がわからないとでも思うの？」「私は息子を立派に育て上げた母親なのよ！」

こんなこともありました。ある時、幼い娘の髪をショートヘアにしたところ、それを見た姑が烈火のごとく怒り出しました。娘の髪を結うのは母親の仕事なのに、その務めもせず嫁ごときが勝手に孫の髪を短くしたという理由でした。姑はその一件から4日間、壁に向かって横たわったきり、食事まで拒否しました。その間、私はただ平身低頭謝り続けるしかありません。はらわたが煮えくり返ってどうにかなりそうでした。一体どんな悪事を働いたというのでしょう。こうまでして許してもらう必要があるのか理解できず、姑のことが憎たらしいあまり、とうとう眠れなくなりました。毎日明け方までうんうん唸っていたのですが、ある時、急に、「これでは私がダメになる」と悟りました。

生きていくための解決策を探り始めたのは、その日以来です。これから記すのは、そうした試行錯誤の末に私が編み出した、「他人に振り回されずに自分を守る方法」です。家庭でも職場でも、あらゆる人間関係において活用できると思います。

①パターンを覚える

姑との軋轢を解決するために、私が真っ先に選択した方法です。以前の私は、姑の嫌みや理解できない行動に直面するたびに、「どうしてなの？」とイライラしていました。彼女のことを理解しよう、状況を論理的に納得しようとして疲弊したこともありました。ところが、そうやって考えるほどに姑のことを理解するどころか、ますます腹が立ち我慢できなくなる一方。姑は変わらないのですから当然です。

そこである時からパターンを覚えるようにしました。姑が嫌みを言ってきたら、「あら、いつものお決まりのやつが来たわね」と認めてしまうのです。私たち夫婦の部屋のクロゼットやら引き出しやらを、姑が自分勝手に整理していくことにも毎回憤っていたのですが、「あらあら、あの人、そうしないと気が済まない人なんだよね」と思うように努めていたら、いつの間にか本当に「またか。そういう人だもんね」とおおらかに受け止められるようになっていました。

そんなことから、姑との問題で悩んでいる患者さんにも同じように処方しています。「どうせ相手は改めてなんかくれませんよ。だからパターンを覚えなさい」と。パターンをつかむと、「姑はこんな時はこう言う」「こんな状況ではこう動く」ということが見え、やがては、姑が次にどう出るのかまで予測できるようになります。そのレベルまで到達できればしめたもの、傷つくことが不思議なほどなくなります。姑が何を言ってきても、「はいはい」「そうですねぇ」と何事もなくあしらえるようになる上、姑が機嫌を損ねそうな雰囲気の時は先手を打って話題を変えるなどして、対立をかわせるようになります。この方法を伝えると、「まるでこちらが折れたようで嫌だ」と消極的にとらえる人もいますが、むしろこの方法こそが、自分を守るためのもっとも効率のよい方法なのです。

家庭に限らずとも、もし、あなたが理解できない相手がいてイライラしているのなら、それこそ翻弄されている証拠です。改善が望めず、顔を合わせざるを得ない相手なら、とにかくただ相手のパターンを覚えてしまいましょう。

②「〜するふり」が必要な時がある

「〜するふり」というと、どうもネガティブにとらえられがちです。「〜するふり」は、相手にへつらったり、認められようとする時に取る行動であり、どうも正直でないような、うわべだけのものととらえているからです。

しかし私は、「〜するふり」を必ずしも悪いこととはとらえていません。もちろん、自分の気持ちに正直でないのは認めます。親しい間柄の人が、こちらの話に相槌を打ちながらもそれが単に聞いているふりだけだったら腹が立つし、本当はつらいのに大丈夫なふりをされると、水くさく感じて寂しいものです。

しかし、仕事でつき合っている人たちとは、そもそも関係性が違います。それぞれの利益のための関係であり、流動的に変化していく関係でもあるのです。そんな人たちに対して、自分の気持ちをすべて正直にさらけ出すことは正しくありません。腹の中では嫌いだと思っていても、それを表に出す必要はないのです。自分の感情を正直に認めることは必要ですが、その感情をすべて表現するには及びません。

そんな時に使えるのが、「～するふり」です。「～するふり」は、相手に振り回されるのではなく、自分が主体となり相手に合わせてあげる対処法であり、最小限のエネルギーで状況を円満に切り抜けるための小さな努力です。ですから、「～するふり」がまるで不誠実でいけないことだと思い込んでいるのなら、ぜひ改めてください。ウソも方便というように、多少のウソが関係を円滑にしてくれることもありますから。

③相手が傷つけようとしても、あなたが受け止めなければそれで済む

他人のことをいちいち非難せずにはいられない人。そんな人から言いがかりをつけられたら、理由はなんであれ、こちらもついカッとなってしまいます。そうした場合の対処法はどうすべきでしょうか。いっそ、相手の顔に思いきりパンチでもお見舞いしてやりましょうか？

古代ローマの歴史家タキトゥスは、こんな名言を残しています。「とがめられて立腹す

るのは、相手の言い分をもっともだと認めることになる」と。結局、非難されたからといって、相手と同じように腹を立てるのは得策ではないのです。

こうしたケースでは、相手からプレゼントをもらったのだと考えてみましょう。欲しくもないプレゼントを突き返すように、納得いかないことで責められた言葉は受け取らなければいい。相手からのアクションを受け取るか否かは、あなたの選択次第です。

ひどいことを言われたりされたりした時に、人間が最初に感じる感情は「傷つけられた」のではなく、傷つけられたように感じる「気分」です。その「気分」を「傷」として育ててしまうのか、それとも、受け取らずに頭のどこかでもみ消してしまうのかは、すべてあなたが決めることです。

もちろん、相手はこちらの思いとは無関係。自分のアクションが無視されたことにも腹を立て、さらにひどいダメージを与えようと画策してくるかもしれません。それでも、あなたが受け止めてしまっては相手の思うツボです。翻弄されることなく、あなた自身の選択で切り抜けてください。あなたが真に受けなければ、それで済むことなのです。

④これ以上、相手からないがしろにされないようにするために

理不尽な相手が、あなたの人生にとって重要な人間でないのなら、悩む必要も自分を責

める必要もありません。バカにされたり、ぞんざいな扱いを受けたからといって、あなたが劣っている存在では決してないのです。むしろ、あなたをバカにする相手のほうが疑わしいくらいです。

しかしもしあなたが、これ以上相手にバカにされたくないと思っているのなら、相手との関係を改善しようとして卑屈になるのではなく、あなた自身を向上させることにエネルギーを注いでください。スキルを磨き、実力をつけることに集中すれば、相手よりも上のレベルに上がることもできます。そうなったらしめたもの。相手は陰口を叩くかもしれませんが、以前のようにあなたに接することはできなくなります。それに何よりも、あなた自身がスキルアップする過程で身につくものすべてが、あなたを守る心強い支えとなってくれますよ。

あんなに嫌いだった勉強が楽しくなった瞬間

「お母さんはなぜお父さんと結婚したの？　さっさと別れちゃえば」

思春期の世間知らずだった私は、旧態依然として堅物な父のことが理解できませんでした。そして、そんな父にいつも従順なだけの母のこともどかしく、ことあるごとに母に離婚を勧めていました。

父は単に頭が固いだけでなく、原理原則をやたら重んじるタイプ。どんな様子だったかというと、例えば私が「数学を教えて」と頼むと、勉強は正しい姿勢からと真っ先に正座の仕方を矯正されるのです。鉛筆の削り方、消しゴムの準備、ノートの置き方に至るまで、まずは準備だけで30分はかかり、肝心の数学の勉強はいつも後回しでした。私がイライラしたって無理もないでしょう？

しかし、こんな原理主義者の父でしたが、無類の読書家で本だけはうちにたくさんありました。全百巻からなる世界名作全集も本棚に並び、私も小学校に上がる頃からそれを読み始めました。

勉強は嫌い、でも本は好きだった私

そんな私の姿を見た父が仕事帰りに本を買ってきてくれることもしばしば。娯楽の少ない時代だったので、父が買ってくれた本はまるで日照りに降る恵みの雨のようでした。夏休みともなると私は日に1冊のペースで読んでいきました。全部読み終えたことを父に告げると、「もう読み終えたのか」とうれしそうな顔をして、また次の本を買ってきてくれたものでした。

おかげで私は、プルタルコスの『英雄伝』全集を始め、『女の一生』『ガラス玉演戯』『パンセ』などなど、さまざまな本に子どものうちから接することができました。『ジェーン・エア』『高慢と偏見』といったお気に入りの小説は10回でも20回でも読み返し、法頂《ポプチョン》和尚の『無所有』や、ルイーゼ・リンザーの『人生の半ば』、そして田惠麟《チョンヘリン》の『そして何も言わなかった』（未邦訳）に至っては、もはや何度読んだかわかりません。アインシュタインの『相対性理論』も、さっぱり意味がわからないままに一生懸命読みました。それほど、活字が恋しい時期だったのです。

こうした幼少期の数々の読書体験が、知らず知らずのうちに社会と人を見る目を養ってくれたのではないかと、今では思っています。

それほどまでに本の虫だった私ですが、学校の勉強に関してはとんと面白みを見出せませんでした。

受験勉強へのプレッシャーだけに押しつぶされ、学問を楽しむ余裕などなかったのでしょう。いつでも、「大学に入りさえすれば、こんなうんざりするような勉強ともおさらばできるはず」と、大学進学を待ち望んでいました。

ところが大学に入ったら高校時代よりもっと学ぶことが多かったのです。人体の骨や腱の名称ひとつひとつを暗記することにてこずりながら、「精神科の医師になりたいのに、こんなのまで覚える必要ある？」とブーブー言っていました。医大という所は想像を絶する忙しさでしたが、それでも「専門医の資格さえ取ればこの勉強漬けの日々も終わりだろう」と思っていました。それまで学んだことを生かしながら、一生働いていけばいいのだと信じていたのです。

寝る間も惜しんで勉強するようになったきっかけ

ところで、とても不思議なことがあります。私のこれまでの人生のうち、勉強がもっとも楽しかったのは、専門医の資格を取ってからでした。試験もなく、勉強に追われる必要もないからこそ、勉強が本当に楽しくなったのです。本格的な人間心理学についての勉強は、前々から気になっていた分野だっただけに、いざ始めてみると時の経つのを忘れるほどの面白さでした。

当時は30歳を過ぎ、家事や育児にも追われていた頃。勉強に取りかかれるのは夜の11時以降で、そこから明け方まで勉強しました。これが誰かに言われて嫌々やる勉強だったなら、きっと本を開いて10分も持たなかったはず。なんなら本を開きもせず、子どもを寝かしつけながら一緒に寝てしまっていたかもしれません。

ところが、好きで学ぶ勉強で、それも人間の心理を理解する勉強は、やればやるほど面白かったのです。「へえ〜、面白い」。勉強の合間に何度つぶやいたことか。

学生時代の勉強が歯がゆくてうんざりするだけだった理由は、何も知らなかったからです。しかし、学びながら知識が増えていくと芋づる式にどんどんわかるようになります。心の勉強を通じて、つかみどころのなかった自分の心を知り、わかるはずもなかった他人の心も少しずつ理解できるようになりました。やがて、その知識から、周りの人たちとの関係においても、患者の治療においても、より広い見識を備え臨むことができるようになったのです。少なくとも、知識不足が招くミスが減ったことには違いありません。

「これだから昔から〝知は力なり〟って言うのね」

好奇心の領域をどんどん広げていく

人は皆、生まれながらに好奇心を持っているものです。小さい子どもを御覧なさい。誰かに言われなくとも気になることには、見たり、触れたり、味見したりするでしょう。子どもはそうやって何事も遊びに昇華させて、もっと知ろうとします。これも好奇心のなせる業です。ところが、次第に両親や学校に統制されることに慣れ、アメやニンジンがないと勉強に興味を感じられなくなります。そんなふうに無理やり勉強し、仕事もやらされてするような受け身でいれば、うんざりして無気力になるのは当然です。本来持っていた好奇心や、知ろうとする本能まで忘れてしまうのです。

幸いなことに、私は比較的早いうちに学ぶ喜びに気づくことができました。学びながら自分の世界を広げ、そして勉強の範囲もどんどん広がりました。本を読むことも、職場で働くことも、結婚生活も子育ても、人とできるだけ円満につき合うことも、しまいには服の着こなしや化粧に至るまで、もうすべてが学びでした。

おまけに、人や社会とぶつかりながら、自分や他人がどういう人間かを知り、学んだことで、自分のことをもっと愛せるようになりました。そうやってこの歳まで生きてみて、生きていることそのものが勉強なのだと気づきました。

だから私は、読者の皆さんにも、自分の好奇心に正直な学びがもたらす楽しさを感じてほしい。それがダンスでも音楽でもスポーツでも何だって構いません。自発的に行う学びは好奇心の領域をどんどん広げてくれ、人生をイキイキと輝かせてくれます。好奇心優先で通うカルチャーセンターや同好会などで見かけるお年寄りたちが皆、ティーンのようにキラキラした表情をしていることもこれで納得です。

人は何歳からでも成長できる

古代ギリシャの哲学者ソクラテスは60歳を過ぎてから楽器を学び始めました。また、ローマの政治家カトーも、ギリシャ語の勉強を始めたのは80歳を過ぎてからだったといいます。89歳で生涯を終えたミケランジェロの座右の銘は、「私は今も学び続ける」だったとか。

死ぬ間際まで、知ろうとし、成長したいのが人間です。気力も体力も落ちて行動範囲も狭まる老年期こそ、好奇心に任せて学ぶことが毎日を楽しくやりがいのあるものに変えてくれます。しかしこれも若い頃に好奇心と学びの姿勢を磨いていればこその話です。だからこそ、少しでも早いうちに心の赴くまま、学びの世界を探検してみてください。

私はこの先、どんな勉強に興味を持つのでしょう。もっとも、この世のすべてが学びの種。「すべて学び終えて暇になった」なんていう心配だけは、しないで済みそうです。

私の話を聞いてくれる人がいる。その幸運について

国立精神病院で働いていた時のことです。昼休憩の時間になると決まって電話をかけてくる患者さんが数人いたのですが、その日も昼食を終えてひと休みしようとした瞬間、けたたましく電話のベルが鳴りました。いつもの患者さんでした。

「先生、今日も妹とけんかしました。あの子が私を無視するのでイライラします」

「それはイライラしますね。この後、どうしましょうか？」

「やっぱり、姉である私ががまんすべきでしょうね」

「そうですか。それはよく考えましたね」

すると患者さんは、明るい声で礼を述べて電話を切ります。彼女がひとりで語り、ひとりで答えを出したのに、私に対してありがとうと言うのです。

私はただ彼女の話を聞き、それはつらいですね、ムカムカしますね、と相槌を打ったに

すぎず、何の回答もしていないのにです。こうした人たちは、ただ自分の話を聞いて相槌を打ってくれる人が必要なのです。もし私が彼女に対し、「あなたが姉なんだから、がまんすべきでしょう」などと言ったら、反論されていたに違いありません。患者の望みは答えをもらうことではなく、自分の話を聞いてもらうことだからです。しかも答えは、本人がすでに知っていたりします。

「自分は重要な人間であり、無意味な存在ではない」

人は誰しも、自分の話を聞いてくれる人を必要としています。話を聞いてもらうことで、自分は重要な人間であり、決して無意味な存在ではないということを確認でき、安心するからです。

ですから、自分が相談を聞く側にある時は、相手に対して有益なアドバイスができずとも、ただ関心を持って聞いてあげるだけで十分です。相手は語ることで気持ちを整理し、解決の糸口を自ら探し出せます。

とは言え、現代社会は気軽に相談しにくい雰囲気があります。弱みを見せたら相手につけ込まれるのではないかと心配だからです。それよりもっと寂しいのは、いざ決心して誰かに相談しようと思っても、それに耳を傾けてくれる人を探すのが難しいことです。

そんな時、私たちは一体誰に話を聞いてもらえばいいのでしょうか。なぜ他人のことが信じられないのに、話を聞いてくれる人を望むのでしょうか。

日本を代表する作家、東野圭吾が書いた『ナミヤ雑貨店の奇蹟』（※7）は、まさにこの問題をテーマにした小説です。

小説の主人公は、若いコソ泥の敦也、翔太、幸平。同じ施設で育った彼らは、スリや自販機泥棒などを働く仲間でしたが、高校卒業後はそれぞれの道で必死に働いていました。ところが同時期に無職になった3人は、一緒に空き巣を働きます。その逃走中に逃げ込んだのが、ずっと空き家となっていたナミヤ雑貨店でした。

その場所で彼らは一通の手紙を受け取ります。それはナミヤ雑貨店の店主に宛てた手紙で、ナミヤ雑貨店はその昔、悩みを解決してくれる店として有名な所だったのです。

相談者が手紙を置くと、翌日には店主が答えをしたためた返事が店の裏の牛乳箱に投函される、という仕組み。それにしても三十数年も経って、店主もすでに故人となっている

※7　東野圭吾著、角川文庫

のに、なぜ今になって手紙が届いたのでしょうか？　謎に包まれたまま、翔太と幸平はその手紙に記された悩みに答えたがりますが、敦也が言います。

「どうにかしてやりたい？　笑わせるなよ。俺たちみたいな者に何ができる？（中略）自分のことでさえ何ひとつ満足にできない俺たちが、人の相談に乗るなんてこと、できるわけないじゃねえか」

しかし、幸平の考えは違っていました。

「でもさあ、何か書いてやるだけでも、ずいぶん違うと思うんだよね。話を聞いてくれただけでもありがたいってこと、よくあるじゃないか。この人はさ、誰にも悩みを打ち明けられずに苦しんでるんだよ。大したアドバイスはできなくても、あなたの悩みはよくわかりました、がんばってくださいって答えてやったら、きっと少しは気持ちが楽になるんじゃないかな」

敦也は、コソ泥の自分たちは、「自分のことでさえ何ひとつ満足にできない人間」で、

「人の相談に乗るなんてこと、できるわけない」と思っています。

しかし、この後、彼らは次々に悩める人々の話に耳を傾けていきます。不思議なことに、悩みを打ち明けた相談者たちは、彼らに感謝しながら自分の問題を解決していくのです。

相談する人は、すでに答えを持っている

精神治療でよく使われる言葉があります。「No comment is better than any comment」。わざわざ解決しようと無理に語るよりも、だまって聞いてあげることのほうがずっと役に立つ、という意味です。

『ナミヤ雑貨店の奇蹟』の中で店主のお爺さんも語っていたように、相談する人はおぼろげにでも答えがわかっているものです。相談というのは、悩みを吐き出すことが第一で、必ずしも正解を求めているわけではありません。欲しいのは、話をじっと聞いてくれて、「そうだね」と頷いてくれる人なのです。

しかし、傾聴するというのはなかなか難しいものです。意見や批判を口にしたくなるのをこらえ、ただ聞くというのは膨大なエネルギーを要する作業です。精神科医の間でも、

ひとりの患者と1時間向き合うより1時間に10人の患者を診るほうがずっと楽だと言われています。それくらい、聞く作業というのは大変なのです。だからもし、あなたに、あなたの話を聞いてくれる人がいるならば、それはとても幸運なことです。その人が存在していることに感謝すべきです。そしてこの際、あなた自身もそんな存在になってみてはいかがでしょうか。

「誰かの相談に乗るなんてこと、これまでの人生では一度もなかったからなあ。まぐれでも結果オーライでも、相談してよかったと思われるのは嬉《うれ》しいよ」

幸平が悩み相談を受けた後で口にした言葉です。人の話を聞くだけで、誰かの役に立つ人になれたということ。これは、経験した人なら皆感じることでしょう。

つまらない毎日を「特別な1日」にする意外な処方箋

療養のために済州島で過ごしていた時のことです。知人とともに李仲燮《イジュンソプ》（※8）美術館の近くを歩いていたら、どこからともなくバイオリンの音色が聞こえてきました。親子と思しき2人の男性が路上演奏をしていたのでした。彼らを取り囲むように人の輪ができていましたが、皆、無表情で音楽を聞いているだけ。そこで私たちは、曲が終わると同時に「ブラボー！」と叫んで拍手を送りました。その声に呼応するようにほかの見物人たちも拍手をし始め、その賑わいを聞きつけてさらに人が集まり出しました。これにはバイオリンを抱えた2人も演奏に熱が入った様子。一曲終えると、若いほうの男性が、「実はつい

※8　李仲燮（1916～1956）：韓国を代表する画家。没後に評価され、アジアの芸術家として初めてニューヨーク近代美術館（MoMA）に作品が収蔵される。済州島は彼が山本方子ら家族とともに過ごした思い出の地

最近、恋人と別れたばかりなんです。それで、失恋直後によく演奏していた曲を披露したいのですが……」と切り出しました。私たちはまた叫びました。

「別れて正解よ！」「次はもっといい相手に出会えるわ！」

客の輪がどっと笑いに包まれました。若い男性も笑っていました。そして、見物客は彼らの演奏に合わせて大合唱し、その日の演奏は終演が名残惜しいとばかりに日が傾くまで続きました。

通りすがったあの時、「ああ、誰かが演奏しているのね」と思うだけで足を止めなかったかもしれないし、数曲聞いて「上手だね」と心の中で思うだけで立ち去っていたかもしれません。しかし、演奏に対してリアクションし、声をかけた瞬間から、聞く楽しみが何倍にもなったのです。ほんのちょっと言葉をかけただけでこれほどの幸せを感じられたのだから、海老で鯛を釣ったとでも言えるでしょうか？

小さくてもいい。人生の楽しみを作ろう

このエピソードは、日常の中で楽しみを失わないようにしようという、私のポリシーが

功を奏したものです。私たちの日常は、リスの回し車みたいにその場で回転するだけで、特別なことも楽しいことも特に起こりません。しかも私など、一進一退を繰り返す病を死ぬまで抱えて行かなければなりません。日に三度の服薬を徹底し、運動をして、肉類を控えるなど、病に打ち勝つためのたゆまぬ努力が必要です。時には、そのこと自体にとても嫌気がさす時があります。特に痛みが激しい時など、どんなに気持ちをコントロールしようと思ってもゆううつにならざるを得ません。

そんな時こそ、つらい、苦しいと寝込んでいるよりも、小さくても人生の楽しみを作り出していくほうがずっといいのです。ベッドから出て、やりたいことを考え、どうやったらそれを楽しくやっていけるかを想像するだけでも少しは気分が晴れるから。調子のいい日にはお気に入りの服を着て街に出て、イマイチの日にはベッドの中から植木鉢の花や観葉植物に新芽が出ていないかを観察します。

私の楽しみリストの中に、写真も入っています。もともと写真を撮ることが好きなので、旅先ではいつも率先してカメラマンを引き受けているくらいです。ところである時、水滴を撮影した写真を拡大してみると、その小さな水滴の中に周りの景色が写り込んでいることを発見したのです。

「こんな小さなところに、私の知らない世界があったなんて！」

それ以来、水滴の写真を撮ることが趣味のひとつに加わりました。すると、アスファルトの隙間から草花の上の朝露まで、あちこちの水滴がどんどん目に飛び込んでくるようになりました。どれだけ撮っても、水滴というモチーフは尽きることがありません。撮影を続けるうちにもうひとつ発見したことがあります。それは、世界は自分が望んだ分だけ見せてくれるのだということ。つまり、楽しく生きようと決心した人の世界には、楽しみがどんどんあふれ出すということです。

人生とは、生きて、経験して、享受すること

年を重ねた人ほど生きていてもそれほど楽しくないと言います。たいていのことは経験済みだし、新鮮味も好奇心も湧かない。食べたいものも、やりたいことも、特にない。だから何かワクワクするようなことはないかと私に尋ねてくる人もいます。しかし、胸がときめくほど楽しいことなんて、それほど頻繁に起こることではありません。たいていは平凡な毎日が続くだけです。

しかし胸をときめかせてくれることをただ待っているだけの間にも、本来ならその日に

享受できたであろう楽しみを逃してはいないでしょうか。ある研究では、心配事の4％は自分の力では解決できないようなことで、残りの40％はただの取り越し苦労、30％はすでに起きた出来事に関すること、22％はごくごく些細な悩み事だと言っています。

つまり、大切な時間とエネルギーを、考える必要のない96％の悩み事に吸い取られて、今日を楽しめずにいるのです。これについて、インド人宗教家のオショー・ラジニーシは、次のように語っています。

「人生とは経験であって理論ではない。人生に解釈は必要ない。人生とは生きることであり、経験し、享受することである。1分、1秒ごとに命があなたのドアをノックする。しかし、あなたは頭の中で考えている。あなたは言う。〝待て。私がドアを開けてやるから。その代わり、決定するための時間を私にくれないか〟と。命は微動だにしない。ただ一生、日常が訪れて、去っていくだけ。あなたは、ただ苦しそうに引かれていくだけである」

頭で考えているだけで疲弊してしまうような生き方は、もうやめにしませんか。オショーの言葉のように、人生とはただ生きることであり、経験して、享受することです。『森の生活』などの著書で知られる思想家のヘンリー・デイヴィッド・ソローは、人里離れた森の中で暮らし、「一番近い隣人の家から1マイルも離れているから、森に囲まれた地平線を独り占めできる」と述べています。

人生を楽しんでやろうと決めた人なら、どんな環境でも新鮮で不思議で、驚くべきことを次々と発見できるはずです。

恋愛がよい例です。相手のことをよく見ているので、ちょっとした髪型の変化も目ざとく発見し、「ステキだ」とほめちぎります。理解を深めようと、相手が好きだと言った映画や音楽に手を伸ばして努力したり、相手の好みそうな情報を得ればいち早く教えてあげたいとも思います。そうやってお互いへの好意を深め、より気を配り、もっと好きになります。これと同じように、人生をもっと楽しんでやろう、驚いてやろうという心がけがあれば、世界は今以上にときめきに満ち、面白くなっていくのです。

「生きることがつまらない」あなたへ

第二次世界大戦中、ナチスの強制収容所に捕虜としてとらえられていた精神科医のヴィクトル・フランクル。日々、何百人もの同胞たちが声もなく炎に包まれる姿を目の当たりにしていた彼は、収容所から生還すると、その経験から「ロゴセラピー」という心理療法を生み出します。フランクルは、著書『夜と霧』（※9）の中で、収容所でのある出来事を次のように書き残しています。

ある夕べ、わたしたちが労働で死ぬほど疲れて、スープの椀を手に、居住棟のむき出しの土の床にへたりこんでいたときに、突然、仲間がとびこんで、疲れていようが寒かろうが、とにかく点呼場に出てこい、と急きたてた。太陽が沈んでいくさまを見逃がさせまいという、ただそれだけのために。

そしてわたしたちは、暗く燃えあがる雲におおわれた西の空をながめ、地平線いっぱいに、鉄色《くろがね》から血のように輝く赤まで、この世のものとも思えない色合いでたえずさまざまに幻想的な形を変えていく雲をながめた。その下には、それとは対照的に、収容所の殺伐《さつばつ》とした灰色の棟の群れとぬかるんだ点呼場が広がり、水たまりは燃えるような天空を映していた。

わたしたちは数分間、言葉もなく心を奪われていたが、だれかが言った。

※9　邦訳版は、池田香代子訳、みすず書房

「世界はどうしてこんなに美しいんだ！」

明日、自分の命があるかもわからない収容所生活でさえ、自然の美しさを見出せるように、どんな時でも感動できるようなことが必ずあるはず。だから私は、生きることがつまらないという人には人生との恋愛を勧めています。自分の人生と愛し合って御覧なさい！頭でっかちでいると何事にも新鮮みを感じられません。頭でごちゃごちゃ考えることをやめて、どうか素直に生きて。恋するような気持ちで過ごせば、世界はあなたが想像もできなかったような新鮮な景色を見せてくれます。あとはあなた自身がその景色に感動しさえすれば、無意味な今日が特別な１日になるのです。

「ブラボー！」という歓声ひとつで、演奏の雰囲気も聴衆の心も変わる。それが人生というものです。

chapter 4

40歳で知っておきたかったこと

友人や肉親の死に対し、私たちができる「たった1つのこと」

遠くで暮らす友人が亡くなったとの知らせを受けました。直接別れを告げることもできないままのお別れとなり、私はただ「どうぞ安らかに」と、天に向かって語りかけることしかできませんでした。その友人は10代の頃に毎日のようにつるんでいた仲間で、進学で離《はな》れ離《ばな》れになり簡単に会えなくなった時も、その友人のことを思い出すだけで心強くなれました。つらい時に電話やメールで連絡すれば、「元気出して！」と励ましてくれ、社会に出てからも、断片的にでも互いの情報をキャッチしては連絡を取り合っていました。まだまだ話したいことがたくさんあるから、少し落ち着いたらゆっくり語り合おうと約束していたというのに……。友人は何をそんなに急いで旅立ってしまったのでしょうか。

これまでも多くの死に直面し別れを告げてきましたが、最期の別れというのは何度繰り返しても慣れることがありません。死別の戸惑いや痛みは、まるで初めて赤子を抱いてうろたえる母親のように、どう受け止めたらいいのかわからず途方にくれるばかりです。

母からの忘れられない言葉

先立った友人のことを思い出すたび、会いたいという恋しさと同時に、申し訳ない気持ちにもなります。時々でもいいからもっと会っておくんだった。あなたが友人でいてくれて本当に幸せだと、もっと感謝を伝えておけばよかった……。どうして私はいつも手遅れになってから後悔するのでしょう。もう少しだけでも会っていれば、これほど後悔することもなく温かな気持ちで見送ることができていたかもしれないのに。後悔で別れを一層つらくしてしまっているのは、自己中心的な日々の行いの結果でした。こうした死別の後悔で悩むたび、以前、母がかけてくれた言葉を思い出します。

「去る人は去る。残る人は生きるだけよ」

後悔したり恨んだり、自分を責めたり。そんなことにとらわれて、貴重な人生を台無しにするなというメッセージでしょう。娘の死に続いて、夫の死までも受け止めてきた母の心情はいかばかりか。それでも母は、私にそう言ってくれたのです。

父が亡くなった時、私は死に目に会うことができませんでした。父は土曜の晩にいつものように床に就き、日曜の明け方には往生していました。他人に迷惑をかけることを嫌っていた父らしく、亡くなる時も静かに去っていったのです。朝になり、「お父さんが息をしていない」という母からの電話を受けて駆けつけた時には、父はすでにとても穏やかな顔をして横たわっていました。その顔をじっと見ていたら、運動場を一周してきた父からバトンを手渡されたような気持ちになりました。「今度は私が走る番なんだ、しっかり走って、このバトンを子どもたちに手渡さなければ」と決心したものです。

いつ何が起こるかわからない人生だから

それ以来、つらいことがあるたびに自分に問いかけます。私は父から受け継いだバトンを持って、しっかり走れているだろうか？　結局、死別の後は残された者がしっかり生きるしかないのです。いつ何が起きるかわからないのが人生だから。「夫が私より先に逝ってしまったらどうしよう」とひどく心配になることがありますが、答えはひとつです。

「今を精一杯、生きるしかないわ」

それでこそ、痛みも後悔も少なくて済むのです。父は生前、何事も節約だ、タクシーはぜいたくだといつでもバスで移動していました。父が亡くなった後のある日、私と一緒にタクシーに乗っていた母がそわそわしながら言いました。

「お父さん、今ごろ空から私たちを見て小言でも言ってるんじゃないかしら。なんだか申し訳ないわ」

「そんなこと考えないで。お母さんがみすぼらしくしてたら、お父さんだって悲しむわよ。必要な時は使ってこそ、お父さんも喜ぶはずよ」

そう言って母を納得させたけど、実際、その通りだと思う。90を過ぎた母がタクシーを使ったところで、それを申し訳なく思う必要なんてない。父ががんばって節約してきたことを私たちが認めていればいい話なのだから。私の話を聞いてようやく安心したような母を見て、もう一度、別れについて考えました。

人は生きている間に、数多くの別れを経験する。私にもこの先、まだまだたくさんの別れが待ち受けているでしょう。しかし、去る者は去り、残る者は残るのです。いつまで経っても慣れることのない永遠の旅立ち。そのために私たちができることは、温かい別れのための準備だけ。今日一日を精一杯生きて、大切な人たちと幸せな時間を過ごすことなのだと……。

40代の罠——自分の生き方を再点検しよう

友人が40歳になった時の話ですが、年齢を聞かれても、どういうわけか「40歳です」と素直に答えられなかったと言います。39歳までは「まだ30代」と自分を慰めながら生きていたけど、たった1歳の差にもかかわらず随分老け込んだように感じたのだとか。

当たり前だと思っていたものをひとつずつ見送る

40歳は人生のひとつの節目のようです。気持ちは情熱あふれる若い頃のままだし、まだまだ何でもできると思っているのに、体が追いつかず時に悲鳴を上げる。どんなに気持ちが若くとも、体はごまかせません。若い頃と同じ量の酒を飲めば翌日は使い物にならなくなるし、コーヒーだって1日に何杯も飲めば夜眠れなくなる。そのうち、少しでも体に異変を感じるだけでびくびくして病院を訪ねたり、しまい込んでいた保険証書を確認したりするようになります。こうした体の衰えや白髪や小じわ、老眼などが、一度に押し寄せてくるのが40歳を過ぎた辺りからです。

しかし年を取るということは、自分が当たり前だと思っていたものや、いつもそばにあると思っていたもの（視力やすっきりとしたウエスト、世界旅行をしたいなどの大胆な夢、身近な人など）を、ひとつずつ見送る過程です。誰もがそうやって、老いを実感するのです。自分ももう若くないのだなと……。

中年期に待ち構える過酷な運命

それにしても、私が40歳だった頃より、近頃の40歳の人たちのほうが悩みが多そうです。さもありなん、私たちの頃は40歳といえば人生の折り返し点まで来たようなものでしたが、今や人生１００年時代です。40年生きてもまだ60年も残っているのですから。

40歳で何かを新しく始めるには、遅いような気がしつつも、しかし何もしないのにはまだまだ先が長すぎる。それが今の時代の40歳です。それでも40代が中年であることには変わりありません。

中年期には、子どもたちの進学や独立、親の世話や介護といったライフイベントが待ち構えています。子どもたちに頼られていたのが昨日のことのようなのに、成長した彼らを送り出した家はがらんとしてさびしいし、頼れる存在だった両親は年老いて弱々しい姿になります。そして今度は中年の私たちが、親の親代わりとなり、経済的にも精神的にも支える側となっていく。この時、老親が自分たちの生活の中に割り込んできたように感じてしまう人は、それまで押さえこんでいた親に対するいら立ちや恨み、悲しみといった感情が無意識のうちに噴出して苦しむこともあります。

精神分析家のユングは、「40歳を過ぎると、心に地震が起こる」と述べています。40歳からの中年期には、人生全体を揺るがすような混乱に直面するという意味です。

また、『ミドル・パッセージ――生きる意味の再発見』（※1）の著者で、心理療法士のジェイムズ・ホリスは、人は40歳までは本人の個性とは離れて生きていると述べています。

ホリスはその著書で、「12歳から40歳までの間、人は、誰かの息子や娘、誰かの父や母、ある会社の係長や課長といったそれぞれの役割に当てはまることで社会化されていく。このステージでの人生は、その人の個性に従うというより、社会で生きるためにルールに従え育てられてきた結果としてのものに近い。しかし、それが40歳を境に、自分は本当にこのままでいいのか、これでよかったのかと、それまでの人生を振り返るようになる」と主張しています。

生き方を再点検する最後のチャンス

考えてみれば、こうした「中年の危機」は、次のステージへ進む前に、ほんの少し立ち止まり、自分の生き方を再点検する絶好の機会ではないでしょうか。「今まで担ってきた役割や肩書をすべて取り払ったら、私は一体何者なのか？」と自ら問いかけながら、個人の生き方を追求し、本当の自分に出会えるチャンスを得るのです。

そうしたせっかくのチャンスであるにもかかわらず、たいていの人は加齢で失うものばかりに目を向けがちです。老いや死という現実を肌で感じるからか、時間という現実をも否定し、押し寄せる歳月になんとしてでも抗おうとするのです。

※1　邦訳版は、藤南佳代・大野龍一訳、コスモスライブラリー

若さに執着する人たちは過去へ戻ろうとします。過去に手に入れられなかったものへの執着も再燃します。もちろん、外見的なことや過去にできなかったことを取り戻そうとする行動には肯定的な面もあります。ただし、その際に、年を取った自分を否定しすぎないでください。

加齢によって失うものがある。これを受け入れていくのは切ないものです。しかし、失うものを食い止めようとしがみついていたって、時は流れていくのです。だったら、限りある時間を有意義に使いましょうよ。愛する人たちへ、そして自分自身に対しても。

どうか、次のステージに向かうチャンスのほうに目を向けてみてください。

人生には休み時間が必要だ。でもどうやって作る？

我が国におけるダンスセラピーのパイオニアであるリュ・ブンスン教授。彼女とは32年前、韓国臨床芸術学会の席で出会いました。4歳の年の差にこだわることなく、生涯の友として多くのことを分かち合いながら生きてきた私たち。今では彼女の声を聞くだけでほっとするほどです。そんなリュ教授と私が、ことあるごとに交わしてきた言葉が、「少しは休みなさい」でした。

「休み休み、やってくださいね」

「あなたこそ休んでくださいね。あまり無理しないで」

口ではそう言いながらも2人とも忙しく過ごしてきたのですが、私は難病を患い、彼女は変わらず健康です。その理由はきっと、彼女が日常的にダンスをしていて、私はダンスをしていなかったから——。この話は、私が国際ダンスセラピー学会でのスピーチで、冗談混じりに披露したものです。しかし、冗談とはいえ、そこには真理もあり、ある意味、否定できない事実でもあります。なぜなら、休息とレクリエーションは、人の一生においてビタミンのような重要な要素だから。ひたすら仕事ずくめの人生と、ダンスもしながら働く人生。比べなくてもその差は歴然です。

「自分がやらなくては」病の恐ろしさ

2人の子どもを育てるワーキングマザーとして生きてきた私は、パーキンソン病で休職するまでの三十数年間、まともに休んだことがありませんでした。医者の不養生とはよく言ったもので、健康のためにはいかに休息が重要かを説いてきた当の本人が仕事最優先でいたのですから。時間がなくて食事を抜いたり睡眠を削ることもしばしばで、いたわるべき自分の体を、まるで脳の指令を受けて動く道具のようにこき使ってきたのです。それでも、これくらい平気だと安易に考えていました。だから自分の体が蝕まれていることにも気づけなかったのです。

40代に突入した1999年、食が細くなり、文字を書こうにも目がかすみ、夕方になれば右足を引きずるようになりました。人と話すのがおっくうになり、不安な症状が現れても、「きっと疲れのせいだ。少し寝て、運動すればよくなる」と信じていました。とはいえ実際は休みもせず、運動もしませんでした。そんなふうにしていつも体を酷使しているうちに、パーキンソン病の診断を下されたわけです。

なぜ私は、口では休むべきだと言いながら、体を酷使してきたのでしょうか。よくよく思い返してみると、私は「何事も自分がやらなくては」と思っていたのです。職場でも家庭でも、私がいなければ回らないと思い込み、自分の担当外の業務までホイホイ引き受けていました。おめでたいことに、そんな目が回るほど忙しい状況も、自分が必要とされているからだと喜んでいたくらいです。

そんな経験のせいでしょうか。昔の私と同じように「忙しい」が口癖になっている人たちを見るたびに、心から気の毒に思います。彼らには、「体も心も、機械と同じよ。オーバーワークになると故障するんだから、まずは自分をいたわりなさい」と、なんとか説得に努めています。

それでもワーカホリックの我が夫など、妻がパーキンソン病の診断を下されてもなお、「今のプロジェクトが終わったら休暇を取るよ」なんて口にしたこともありません。仕事はどこまでもキリがなく、簡単に休めないことを本人もよくわかっているからです。

1日の予定は「休み時間」から作る

夫のようなワーカホリックや、倒れてしまうまで働くことが当たり前になっている人へ、お伝えします。

計画を立てる時は、まず真っ先に休みの予定から計画してください。1日の予定の場合は、どんなに仕事中であっても、その時間になれば必ず息抜きの時間にするという作戦の下に他の予定を入れていくのです。

夫にも、「年間計画を練る時は真っ先に休暇計画から立てなさいよ」と提案したのですが、「そんなことできるわけないだろう」と反論されました。何が起きるかわからないのに、むやみに仕事に穴を開けるわけにはいかないと言うのです。すかさず、私はこう言ってやりました。

「あのね。あなたがいなくたって、職場は回るのよ」

現代人は、四六時中、何かをしていて何もしない時がありません。人より先を行けずとも、せめて遅れたくないからでしょう。電車やバスに乗っている間もスマートフォンを見つめ、絶えず何らかの情報に接しています。しかし、寝入る直前までこうした生活を続けていると、脳への刺激過多となり頭痛を引き起こします。そんな症状が現れてもなお、人は自分に対し、「ぼんやりする自由」を与えません。何もしない不安に耐えられないのです。

休息の大きなメリット

食後に消化時間が必要なように、脳には休息時間が必要です。それまで受けてきた刺激や脳内に溜まった情報を消化するためです。この時間に脳は、ちりぢりになった刺激や情報を再配列・統合して、あるものは消去し、あるものは意味づけるなどして、思考を形成します。脳を休ませることなく働かせ続けるとぐったりと消耗してしまうのは、この時間が取れていないからです。

例えば、考えても答えがうまく導き出せない時などは、一度問題から離れてみるのもひとつの方法です。脳が、情報を整理する時間を必要としているかもしれないからです。

私は映画評のコラムを書くために同じ映画を最低2回は見ています。最初は難しいことは考えず、感じながら見ます。二度目を見終えるとすかさずパソコンに向かうのですが、うまく書けないものです。しかし1週間から10日ほど経った頃に「そうだ！　こういう流れで書けばいいんだ」と、突然、文の構成が浮かび上がるのです。自分の知見と映画の内容がうまく溶け合い、執筆のテーマと方向性がまとまるわけです。問題から離れて脳を休ませたからこそ、深みのある映画評が書けるのだと思っています。

体も頭も、時には休ませてあげましょう。休ませないと視野が狭まり、普段できることも適切に考えられなくなります。

ほんの少し立ち止まる時間は、それまで経験したことの意味を理解し、正しい方向に進んでいるのかどうか再確認させてくれます。自分に無理を強いているのなら、意図的に「一時停止」の時間を許してください。一時停止の時間を入れることで、不安を軽減し、次の一歩を大きくしてくれるからです。

「ぼんやりする自由」の楽しみ方

私はもう、自分の体を粗末に扱うことはありません。体の声に耳を傾け、ヘトヘトになるまで疲れないように気をつけています。若くて元気なうちは体が疲れていても気力があったし、少し眠ればなんとかなっていました。ですが今はそうはいきません。

体が疲れてしんどいと思えば、まずは休みます。積極的に運動もします。そのための時間を1時間だけ前もって空けておいたからできるのですが、運動を優先したためにあきらめざるを得ないことは当然出てきます。

でも、それでいいのです。

私の代わりに誰かが講義をすればいいし、誰かが雑誌の原稿を書けばいい。どれも絶対に私じゃなければ務まらないものではありません。依頼を断る瞬間は、後で後悔するかもしれないと心配するのですが、幸いなことにこれまでそうした経験はありませんでした。おまけに、そうやって空けた時間を持つと、むしろ後悔のない生き方ができるのだということも知りました。

だから私は、この先も自分に対し、「ぼんやりする自由」を思いっきり許していくつもりです。

私は夫を知らず、夫は私を知らないという事実

天敵だと思う日もあるけれど
この星のどこを探しても

わたしが生んだ子どもを一番に愛してくれる男は
この男のようです

今日もまた夕げの支度
考えてみれば、私と一緒に
一番たくさん食事をした男
争いを一番たくさん教えてくれた男

詩人文貞姫《ムンジョンヒ》（※2）の「夫」という有名な詩の一部です。読んでいて気づいたけれど、私と夫が結婚してもう40年以上になるんですよね……。

夫という存在は、この詩のとおり、私と一番たくさん食事をした男であり、私に揉め事をもたらした人に違いありません。これほどまで一緒にごはんを食べてきたのに、どうして夫婦とはこうもけんかするものなのでしょうか。

夫婦における「一番の悲劇」とは？

夫婦関係において一番の悲劇とは、お互いを知ろうとしないことです。

恋愛中は、例えば相手がどんなコーヒーが好きで、どんなファッションが好みか、どんな場所が嫌いかなど、ひとつひとつ尋ねます。毎日のように顔を合わせているのに、まだ話すことがあるのかというくらい、「食事した？」「誰と？」「何食べた？」「おいしかった？」と会話のやりとりが続きます。

ところが結婚して1年もたつと、恋愛中にあった興味がウソのように薄れていきます。お互いが相手について知りつくしていると勘違いしてしまうからです。

かくいう私もそうでした。夫は、私のことをすべてわかってくれていると思っていました。ちょっとしたことで一喜一憂してくれなくても、私に少女のような一面があることや、一見クールなようでいて繊細な感受性の持ち主であることも、少なくとも夫なら知っていて当然だと思っていました。それだけ長い年月をともにしてきたのですから。

しかし夫は私を知りませんでした。私の心の中に詩が流れていることも、顔に出さずともワーキングマザーとして日々無理していることも知らなかったと。夫はただ、私がもともと図太くて大胆な性格の女なのだと思っていたようなのです。

考えてみれば、それは私の失敗でもあります。2人の子育てに義父母、義弟までが一緒に暮らしていたあの頃、悩みが尽きなかったのにもかかわらず、私はいつも大丈夫なふりをしていました。何より、夫がそのことに気づいていなかったなんて思いもしませんでした。むしろ、夫は私が苦しんでいるのに知らんぷりしているのだと、彼のことを腹の底から憎んでいましたから。一方で、それは夫も同じでした。

私の目に映っていた夫は、異常なまでのワーカホリックで、成功のためには家族の犠牲

※2　文貞姫（1947〜）：詩人。高校時代に『花の息』（1965）を発表。1975年、詩劇集『鳥の群れ』で現代文学賞を受賞

もいとわない人間でした。しかし、その実、とても寂しがり屋で傷つきやすい人間だったのです。

まだ若かった私たちは、それぞれの仕事に追われて疲れ果て、帰宅するとまっ先に休みたがりました。それは相手も十分承知だと思っていたし、お互いのことを知ろうなんて考えもしなかった。そんな生活を続けるうちに、夫は夫なりに、私は私なりに、それぞれが不満を募らせ、しこりとなっていったのです。

私が外でこんな話をすると意外だと驚かれます。精神分析の専門家であり患者の話をよく聞く医師として通っている私が、家ではそうじゃないのかと。恥ずかしながら、夫以外の人の話はじっくり聞いているのですが、夫に対してだけは、まず私の話を聞いてほしいと思っていました。結果的に見ると、私たち夫婦は、自分が話しさえすれば相手は自分のことを理解してくれているのだと、一方的に思い込んでいたのです。

結婚して2週間の夫婦と20年の夫婦を比較すると?

面白い実験があります。結婚して2週間の夫婦、2か月の夫婦、2年の夫婦、20年の夫婦を対象に、お互いについてどれくらい知っているのかをテストしたところ、相手のことをもっともよく知っているのは2週間の夫婦だったそうです。

なぜかというと、結婚生活が浅い彼らは相手に対しての興味が強く、相手の行動が気になって聞き出すから。しかし結婚して20年の夫婦はお互いのことに質問などしません。それどころか、「ほらね、思ったとおりだわ」「こいつ、また小言か」と心では思っても、それ以上を問うこともありません。これではお互いのことを理解するなんてできるはずがありませんね。

人は変わらないというけれど、長い年月では変化する部分が間違いなくあります。つき合う人が変わり、人を見る視点も、社会を見る視点も変わります。食の好みも変われば、視力が落ちたり、お腹が出てきたりもします。

ですから、5年前の夫と今の夫が同じであるはずがなく、10年前の妻と今の妻も変わっていて当然なのです。

私はこの事実を知らない人はいないと思っています。ただ、私と夫のように、お互いの間にできたしこりが邪魔をして、関係を改善しようという努力が止まってしまっているだけなのです。

私が長年していた「とんでもない誤解」

それでもまたある時、夫に対する怒りがこみあげてきました。しかし、ただじっと耐えて、彼の話を聞くだけに努めました。そんなことを繰り返していたら、ある時、急に、私の夫ってこんなにおしゃべりな人だったかしらと思うほど、夫が自分のことを饒舌に語りだしたのです。さらに数日後、驚いたことに今度は夫が私の日常をたずねてくるではありませんか。

「今日、何を食べたの？」

「調子はどうだった？」

「大丈夫？」

それ以降、私と夫は再び、お互いについて知る楽しみに魅了されました。今日一日の出来事に始まり、それまでの年月で変化していたのに知らなかったこと、そしてこれまで一度も明かしたことのなかった幼い頃の心の傷まで、つもる話は多く、お互いに共有したい話題もたくさんありました。そして私たちはわかったのです。「愛しているから、わざわざ言わなくても相手は自分のことをわかってくれている」という考えが、とんでもない誤解であったということを。

どんなに愛していても、口に出さなければ伝わりません。だから自分の気持ちや考えを頻繁に相手に伝えなければなりません。

言いたいことは胸の奥にしまい込まずに、きちんと言葉にして語りましょう。昨日と違う自分について。それでこそ、相手が理解してくれるのです。同じように、あなたも、相手のことをすべてわかっていると思い込んではいけません。

人間は、自分のことすら一生わからないものです。他人である相手のことならなおさらです。この事実を私は結婚して30年経って悟ったのですが、この本を読んでいる皆さんはもっと早く気づいてくださることを望みます。相手に対し、絶えず自分のことを伝え、絶えず理解しようと努力すること。ともすると、それが結婚生活を長く続ける秘訣なのかもしれません。

なぜこうした話を書いたのかというと、後輩から仲人《なこうど》を頼まれたからなのですが、このコラムをそのまま、新郎新婦へのはなむけの言葉とします。

「いい親にならなくちゃ」と
がんばりすぎないで

「お父さん」「お母さん」――。そっと口にするだけでも、じんわりと胸が温かくなるその言葉。転んでもすぐに抱き起こしてくれて、世の中のすてきなことすべてを与えたがる大人。子どものためには苦労もいとわず、いつでも我が子が最高だとほめてくれて、子どもがつらい目に遭えばかばってくれる頼もしい存在……。

どういうわけか私たちは、親に対してこうした理想の姿を抱いて成長します。しかし、実際の親という存在は、それほど完璧でもないどころか、子どもが求めるほどに愛情を注がないこともあります。親が多忙で子どもだけで毎食準備して食べなければならないこともあるし、夫婦げんかが絶えず子どもが不安を募らせることもある。「よそと比べて、うちの家族はバラバラで殺伐としている」と恥じたり、「こんなことなら生まないでほしかった」と親を恨んだりする子どももいます。

どんな親も最初はわからないことだらけ

私にも覚えがあります。私の母は、私を生んだ後、肥立ちが悪く半年ほど病床で苦しんでいたそうなのですが、母の愛情を渇望してのことか、幼い私は指しゃぶりとおもらしが直りませんでした。5歳くらいの頃、腹を立てた父に下着姿のまま家の外に放り出されたことも覚えています。寒空の下、刺すような冷気と羞恥心にうち震えた私は、泣きながらこぶしをぎゅっと握って決心しました。

「大きくなったら、絶対に仕返ししてやる！　私を生んでおきながら、なぜこんなひどいことをするの？」と怒りがふつふつと湧き起こりました。

しかし、成長してみてわかりました。当時の父は、訴訟問題に振り回されて大変な局面にありました。母もまた、体調が思わしくない上に、姑から次こそ男児をと期待されながら三人目も女児だったことで、肩身の狭い思いをしていた時期でした。

つまり、幼い私が両親の愛情を思いきり享受できなかったことは、誰のせいでもなく、ただ運が悪かっただけなのです。そして、父も母もまだ若く、不慣れな親だったというだけなのです。

親になるとはどんなことなのか、実際になってみないとわからないものです。私は、自分が親になったら子どもにはたっぷりの愛情を注いであげようと思っていました。理想の母親像を夢見たわけです。しかし実際に妊娠して親になる準備が始まった瞬間から、正体不明の不安が始まりました。私に限らず、こんなことを言った後輩もいました。

「正直、自信がないんです。私は親から愛された記憶がないし、子どもにどうやって愛情を注いだらいいのかもわからない。子どもが望むことは全部してやりたいけど、そんなお金もない。こんな私でも、良き親になれるんでしょうか？」

親になるということは、金顕承《キムヒョンスン》（※3）の詩、「お父さんの心」に表現されている父親のように、哀感漂うものなのかもしれません。

忙しい人も
踏ん張っている人も
風のような人も
家に帰れば　お父さんになる。
幼子のために　暖炉に火をくべ
ブランコに小さなくぎを打つ　お父さんになる。

夕べの風に扉を閉めて
落ち葉を拾う　お父さんになる。

何やら世間が騒がしいと
ロープの上にたたずむ雀の気持ちで
お父さんは幼子の未来を考える。
幼子はお父さんの国だ――
お父さんの同胞だ。

お父さんの目に涙は見えないが
お父さんの飲む酒の半分は　涙だ。

それでも、子の親となった人たちは、父親なら子どもの支えであるべき、母親なら自分

※3　金顕承（1913〜1975）：平壌生まれの詩人。牧師の父の下で育ち、キリスト教的な世界観を内包するモダンな作風で知られる。

を犠牲にしてでも耐えるべきといった、ステレオタイプの強迫観念から自由になれません。

親が子に「憎しみの感情」を抱いてしまう理由

そもそも親の心の中はいつでも偉大な愛だけで満たされているのでしょうか？　恋愛中の男女の愛情と同じく、親子間の愛情も、愛と憎しみの両面があるものです。

イギリスの精神分析医ドナルド・ウィニコットは、母親がどれほど子に対して愛情を注いでいても、そこに憎しみの感情が含まれることは当然であるとし、その理由を次のように述べています。

- 子どもは母親のプライベートを妨害する
- 子どもは無慈悲であり、母親を無給の下女のように扱う
- 子どもはたいてい、空腹時か、または何かをしてもらいたい時に母親を愛する。そして自分の欲求が満たされると母親をミカンの皮のように捨てる
- 子どもは母親を疑い、母親が与える食べものを吐き出して猜疑心を抱かせる。し

かし、叔母や他人がくれる食べものはそのまま食べる

- 子どもは朝からひどくむずかっていても、外に連れ出すと通りすがりの人には笑顔を見せる。「可愛くて愛想のいい赤ちゃんですね」などと声をかけられ、頭をなでてもらったりする
- 子どもは真っ先に自分の機嫌を取ってくれないと、母親をいつまでも恨む

ウィニコットの説のとおり、いくら我が子とはいえ、母親だって子どものことが憎いと感じる時はあります。前記の項目のような時、一瞬でも我が子を憎まない母親はいないでしょう。しかし、そんな感情を抱いている自分に気づいた母親は、罪悪感を覚え、自分の人間性を疑って不安になります。

ですが、人間は完璧ではありません。どんなに成熟した大人であれそうなのですから、親子関係が完璧であり得るはずはないのです。ですから、子どもが憎いと感じた時は、その感情をそのまま認めることが必要です。子どもに対し、いつでも正しい対応ができる親なんて、この世にいないと思ってください。時に人は過ちを起こします。

人間とは、過ちと迷いだらけの人間に育てられて大きくなる存在です。そしてその過程でも余裕や思いやり、感謝、ユーモアは芽生えるものです。

あなたの考える「いい親」を教えてください

いい親とは、子どもの願いを何でも叶えてあげる親のことではありません。人間が成長するためには、ある程度の欠乏や挫折の経験が必要なのです。それをさせずに親が満たしてしまえば、子どもが成長する機会を奪っているのも同然です。子どもががまんできるくらいの挫折を経験させてやることで、子ども自身も耐える術を学び、現実を知りながら、ひとりの健全な大人に成長していきます。また、いくら親が子に対して人生のすべてを捧げたとしても、その結果が親の理想通りに収まることもありません。外の世界に出れば、親でも予測もできないようなことが子に起こることもあります。子ども自身の特性によって、子どもの行動や感じ方が変わることもあります。

したがって、親が子にしてあげられるのは、できる範囲での愛情と最善を尽くすことだけ。そして子が親元を離れる時は、ただきちんと見送ってあげることです。

どうか、いい親になろう、いい親であろうと無理をしないでください。理想的な母親像・父親像というのは、あくまで想像の中でのみ可能な話です。

時には我慢そのものが答えになる

我慢にも限界があり、時には負けてしまいそうになることもあります。私にとっては、上の姉を亡くした高2の冬の日のことが一番に思い出されます。期末試験も終わった2月10日、大学の説明会に行ってくると笑顔で出かけた姉は、学校前の横断歩道で車と接触して帰らぬ人となりました。友人以上のソウルメイトでもあった姉がこの世を去り、そしてそのひと月後には、祖母までが天に召されていきました。

2人が去った後のある夜、のどが渇いてベッドを出た私は、どこからか人の泣く気配を感じました。声のする居間をそっと覗いてみると、そこには泣いている父と慰めている母の姿がありました。その翌日には、今度は泣いている母を慰める父の姿がありました。その姿は私にとって大変ショックなものでした。特に父は、絶対的に強い存在だと思っていたから。しかし結局、父は、祖母と姉の死を受け止めきれず、残された子どもたちの姿を見るのもつらいと、ついにはソウルの家を出て江原道《カンウォンド》の田舎に居を移してしまいます。父までがいなくなった家の中で姉の話をする人は誰一人いません。兄弟みんなが姉のことを胸の奥にしまい込み、いつでもずっしりと重たい空気の中で私が思うことはただひとつでした。

「耐えなくちゃ。私だけでも、しっかりしなくっちゃ」

家族のため、自分のため、絶対に挫折できなかった

私は姉の代わりに、2人分の人生を生きなければと思いました。それしか私が生きる意味が見出せなかったのです。私は絶対に挫折できませんでした。涙を見せてもダメ。私まで折れてしまったら、両親が本当にダメになってしまうのではないか。とにかく私にできることは、現役で大学に合格することだけでした。

しかし、はた目には取り繕えていても、体は正直だったようです。私は入試のひと月前くらいからお腹を下すようになっていました。不眠にも悩まされ、いつでも胃が痛んで、食べては吐くの繰り返し。受験日の当日、最後の理科の時間に視界がぼんやりし、脂汗が

止まらないトラブルにも見舞われました。それでもどうにか試験を終え、幸運なことに志望大学に合格できました。

こうして高校3年生の約1年間、つらい状況を耐えに耐えた私は、大学に入学できたからにはもう試練とはおさらばだと思っていました。しかし、ふと気がつけば、私はまた耐えていました。

大学病院の代わりに入った国立精神病院で、研修医の資格を取得した後のことです。どういうわけか私のことを毛嫌いし、嫌がらせをしてくる上司がひとりだけいました。当時、私はこの病院に残り、スタッフとして働きながら、精神分析やサイコドラマなど自分が熱心に研究してきた分野を治療に生かしたいと考えていました。

ところがその上司は何としてでもこの病院から私を追い出そうとします。どうやら上司と学閥が違うからというのが表向きの理由のようでした。

当時、私の成績は申し分なく、採用人数的にも問題ありませんでした。しかし嫌がらせの理由が出身校では改めようがありません。あいさつどころか目も合わせなければ人前でも堂々と無視される。そんな上司に虐げられる毎日は地獄のようでした。自分から出ていくように仕向けているのでしょうが、私自身に非がないだけに悔しくてたまりません。おめ通り辞めてやろうかと思ったことも何度もありましたが、それでも私は、どうしても国立精神病院で働きたかった。雑用でも何でも引き受け、上司に無視されても歯を食いしばって耐え忍びました。他のスタッフがお手上げの仕事もすべて挑戦しました。それでこそ自分も納得できると思ったからです。

私の人生が好転した意外な理由

ところが、そんな私に天が味方してくれたのか、例の上司が思いがけず任期を全うできなくなり、そして私は国立精神病院に正式採用されました。

嫌がらせを受けていた1年間は本当につらかった。しかし、後から思い返してみれば、あの時に得たことも少なくありません。それまで私は、正当な理由もなしに誰かに嫌われた経験がありませんでした。研修医を終える当時、私は自分に自信がありました。大学をよい成績で修了し、サイコドラマで学会からも一目置かれる存在でしたから。

しかし組織で働く以上、自分ひとりだけ成績優秀だからといってうまくいくものではありません。そのことを上司との軋轢から気づくことができました。自分が優秀であることと同時に、他者との関係もとても重要であること、腰を低くして組織に合わせていく適応力も、働く上では必要な能力であることを学びました。あの上司との一件がなかったら、私はきっとつけ上がって、鼻っ柱ばかり強い人間になっていたかもしれません。

しかし、「耐える」「我慢する」と聞くと、なぜそこまでしなければならないのだと屈辱的にとらえる人が多いものです。ですが、耐えることはただ黙って受け身でいるだけの状態ではありません。何もせずに部屋に閉じこもり、時が経つのを待っているわけでもありません。

耐えるためには、胸の内に湧きあがる怒りや屈辱、やるせなさなどをコントロールしなければなりません。また、外部から自分に課せられた期待に応えつつも自分を見失ってはならないという、非常にダイナミックでありながらも苦しいプロセスなのです。ある意味、耐えることは待つこととも言えます。未来のため、次のステップのために今を耐え忍び、苦しい努力をすることです。

私が受験生時代に人生を投げ出していたら医大にも通えていませんし、研修医時代に音を上げていたら精神分析の勉強をしようとも思わなかったはず。そして今のこの病に負けていたら、本を書くこともなかったでしょう。

私はそれからもさまざまな場面を耐え、多くのことを学びながら、ここまで来ました。姉の事故は悲痛な出来事であったけど、そのこと自体は私の過ちでもなく、姉ではなく自分が死ぬべきだったのになどと思わなくてもいいこと。自分は無価値な人間でもないということ。私にも何かをやり遂げられること。誰かにとっては頼られる人間であるということ……。もし、どの瞬間もすぐにあきらめていたならば、大きく傷つくこともなかったかもしれませんが、何も得られず、後悔も大きかっただろうと思います。

実は、精神治療においても我慢はとても重要です。

多くの患者が、絶えず治療者（医師やカウンセラーなど）をテストし、自身の怒りや絶望を治療者に投影します。これに耐えることは、治療者にとっても大変エネルギーのいる仕事です。治療者は患者の怒りに耐えながら、さらに治療者自身の弱点や感情をコントロールできなければ治療自体が悲劇的な結末を迎えかねません。

どんなにつらくても、必ず前に進める

そう考えると、何かをやり遂げようとする過程では、我慢は付き物のようです。そこで耐え忍ぶ間にその時間の意味や必要性に気づき、自分の限界を思い知ります。そこから必要なことをもう一度身につけて、やがては切り抜け、やり遂げる方法を体得していくので

す。つまり、我慢の過程とは、自分が全身全霊を込めた努力の証です。

だからこそ、苦しくてつらい日々の中で、このままがんばっていて本当にいいことがあるのかと、いつまで辛抱すればいいのかと、泣き叫んでいる人たちに伝えたい。

耐えることは、もどかしくつらいことですが、必ず前に進めるのだと。

だから自分との戦いに負けないでください。

時には我慢そのものが答えである時もあるのです。

そして報われる日が必ず訪れます。

私も、病気でつらくても今日一日を耐えようと努めています。何より、今日を耐えれば明日は2人の孫たちがやってくる日。「お婆ちゃん！」と元気に駆け寄ってくる孫たちと、娘夫婦の仲睦まじい姿を久しぶりに拝めるのですから。それだけで十分なのです。

家族とは、この世で一番親しく、そして憎み合う存在

「私がママの患者だったらよかったのに！」

わが子どもたちが10代の頃、私に向かって吐いていた文句です。患者の話はきちんと聞くくせに、自分の子どもの話には耳を傾けてもくれないどころか小言ばかり言うと、私に当てつけての言葉です。

まさに坊主の不信心ですが、私だって、子どもたちからこうした文句を言われるたびに、ドキリとしたものです。いつからか、子どもが話しかけたそうにすると、「ママ、今忙しいから後にしてくれる？」と反射的に言うのが口癖になっていたからです。子どもたちをどれほどがっかりさせてきたでしょうか。

実際、人間というのは関係が遠い人ほど丁寧に扱う傾向があります。よく知らない人だからこそ相手の気持ちを優先し、自分の希望や意見を抑えられる。無駄な衝突を避けて円

満に事を運びたいという気持ちがあるからです。

また、相手に対しての期待値も低いため、お互いの意見が食い違ったとしてもさほど気になりません。つまり、家族はお互いを良く知っているがゆえに深いダメージを与えることもでき、相手への期待が大きいからこそ失望も大きくなるのです。

見知らぬ人には親切に道を教え、会社の同僚とも週に二〜三度は酒の席をともにするような人たちが、家に帰ればもれなく無口になる。中には、「今日はどうだった？」「疲れたでしょう」と言って、家族のほうから気遣って話しかけてほしいとさえ思っている人もいるくらいです。わざわざ語ったり歩み寄ったりせずとも、家族は自分の心情を理解しているはずだと期待しているのです。しかし、家族だって疲れているのは同じなんですよね。

私の心を深く傷つけた、母のひと言

私の病状が進行し、歩くことも、ひとりで寝返りを打つこともままならなくなった頃、当時80代だった実母が私の面倒を見に来てくれるようになりました。介助してくれる人はほかにもいましたが、手薄の時のサポートに入ってくれたのです。そんな母に対して申し訳ないという気持ちもありながら、一方ではとても心強く感じていました。私のことを心から愛し、大切にしてくれる人がそばにいてくれるのですから。

しかし、介助のつらさは想像以上であり、母の疲労も日に日に増していきました。薬の副作用で脂汗が止まらなかったある日のことです。汗をびっしょりかいた私の体を拭いていた母が、こうこぼしました。

「まったく……、なんてみじめな姿なのかしら」

うっかり母が発したこのひと言は、鋭いナイフとなって私の胸にぐさりと突き刺さりました。ひとりでは何もできない私の姿と、疲れがピークに達した母のギリギリの状況が露骨に表れた言葉だったからです。

医師だ作家だと成功を収めてきた自慢の娘が、難病の患者となり今では自分の体ひとつもろくに動かせない。そんな状況は、母にとっても心苦しかったに違いありません。それでも私はその時に感じたやるせなさを、いつまでも処理できませんでした。

ひょっとしたら私は、母に対し、子どもみたいにすがりたかったのかもしれません。望むことは何でも叶えてくれるはずと甘える子どものように。

しかし、どんなに近い肉親であるとはいえ、母は私とは別の思考、別の欲求を持つ、まったく別の人間です。それにもかかわらず、自分と混同して同一視するから問題になるのです。母が私のためだけに存在することを望み、留まることを知らない欲望と欲求を埋めてくれる人なのだと、無茶な期待を抱いてしまったのです。

なぜ人は愛する人を傷つけるのか?

こうしたことは恋人同士の間でもよく見られます。恋に落ちたふたりは、初めのうちは互いによい印象を残したいため、節度を守り、相手の気分を推し量りながら用心深く接近します。そのうち気の置けない間柄になると、みっともない姿もさらけ出すようになります。それでも相手が自分のことを受け入れてくれると、今度は自分の中にいる小さな子どもが喜んで、振る舞いをエスカレートさせます。この時に自分の感情コントロールがうまくできないと、今度は相手に愛想を尽かされるかもしれないという不安に見舞われます。

その結果、相手の愛情を確認しようとしてテストを始めるのです。「私だけ見てほしい、話を聞いて笑ってほしい、私のことを世界で一番大事な人だと言ってほしい」とせがみ、その一方で相手には、自分が何も言わなくても気持ちを汲んでくれるはずだと期待し、叶えられないとへそを曲げる。出会った頃の用心深さや配慮は失われ、愛が自己中心的で一方的なものに変わってしまうのです。

そこまで来ると今度は、親しいからこそお互いに傷つけ合うようになります。相手のすぐそばで手を振り回して意図せず引っかいてしまうようなものです。また、こうして心が傷つくと、決まって相手のせいにもするのです。関係改善のために努力しているのが自分だけのように感じるからであり、結局は不満を爆発させてけんかになるだけです。

こうした親しい間柄で争わずにすむ方法はないものでしょうか。関係を断つ？ それは極論ですね。そうせずとも方法はあります。お互いに傷つけ合い、取り返しのつかないことになる前に、一定の心理的距離を置くことです。

家族だからこそ、適切に距離をとる

距離を置くということは、相手への気持ちをしまい込み、関心をなくすことではありません。「相手と自分は別の人間であることを認める」ということなのです。相手は自分とは違う人間ですから、自分の思い通りにならなくて当然。責めたり批判したりしないで、相手の決定を尊重すべきだということです。

北京師範大学の于丹《ユーダン》教授が書いた『于丹《論語》心得』（※4）には、こんな一節が登場します。

「花が満開になれば、後はしぼむだけ。月が満ちれば、後は欠けるだけである。満開や満月が近づくにつれ、心の中に期待や憧れが生じるものだ。友人や家族との関係もこれと同じである。近づきすぎることなくほどほどの距離をおいてこそ、お互いの心も永《なが》く健やかにいられるものである」

相手との距離が縮まるということは、ふたりの人間がひとつになることではありません。愛情でも友情でも、ふたりが親密になるために必要なことは、相手が自分とは違う人間であるという事実を認めて尊重することです。互いの距離が保てれば、相手の領域をむやみに犯すこともありません。それでこそ相手も心を開き、お互いの理解を深めようとするのです。したがって、親しき仲というのはゴールではなく道のりであり、親しき仲を維持するための努力もまた必要なのです。

※4　イム・ドンソク訳、エバーリッチ・ホールディングス刊

関係が深まるにつれ、「私たちの仲なのに、こんなことまで気を遣わなきゃならないの？」と考えがちですが、親しき仲にも礼儀ありです。相手が何事も受け入れてくれると期待してはいけません。また、相手の弱点をついたり、プライドを傷つけるような言葉も避け、お互いの信頼を第一にしましょう。

古くからの教えに、「家族とは、涙で歩む人生の道のりにおいて、もっとも長く、もっとも遠くまで、見送ってくれる人だ」というものがあります。家族に限らずとも、自分のことを信じて支えてくれる人たちの存在があれば、人は不安な人生でも一歩一歩、前に進む力を得られるのです。

そんな意味でも、親しき仲というのは、この寂しい惑星に生きる私たちに与えられた花です。きちんと水をやり、手入れをしてください。その花こそ、人生を意味と価値のあるものに彩ってくれるのですから。

パーキンソン病がもたらした「思いがけない贈り物」とは？

精神分析学者のロジャー・グールドは、成人の心理的発達について、「自分は絶対に安全である」という幼少期に培われた幻想が、人生の変化に伴い次の4つの誤解を経て解体されると述べています。

最初の誤解は、10代に顕著な傾向で、「自分はいつでも両親の傘の下にいて、彼らの感性を絶対的に信じる」というものです。

2番目の誤解は20代前半でおこり、「意志と忍耐をもって両親の教えどおりに生きていれば間違いない。もし挫折したとしても両親が導いてくれるはずだ」というもの。

3番目の誤解は、20代後半から30代にかけて見られるもので、「人生はそれほど複雑でもなく、単純である。自分の内面でも人生においても疑問や矛盾などなく、意志どおり叶う」というものです。

4番目の誤解は、中年期にさしかかる頃に見られ、「私の内面にも世の中にも悪などない。悪魔は追放・制圧されるものだ」と信じ込もうとするもの。

グールドによると、人はこの中年期を経て、40代後半でようやく幻想を克服し、真の自我を求めていくのだそうです。

しかし、いざ中年になると、それまでどんなに元気に暮らしてきた人でも死の影を悟ることになります。なぜならそれまでの半生で、いかに善良な市民であっても戦争や天災で無情にも命を落としたり、一瞬の出来心から犯罪者となる人々を目にしてきたからです。世の中に絶対に安全な場所などないことを知り、どんなに頼もしい人の存在があっても自分たちを完全に危険から守ることなど不可能であることを思い知るのです。

また、たとえ自分が犯罪に手を染めなくても、社会の暗部を見聞きするにつけ、自分の内面にもそうした暗く破壊的で不可思議な部分が少なからずあることを突きつけられもします。フロイトが「イド（id）」と呼んだ、人間の無意識の深淵です。

このようなコントロール不可能で危険な内面世界への旅は、自分の心の中に破壊的な力と創造的な力が共存していることを気づかせます。しかしそれと同時に、新しい変化をもたらしてくれます。

例えば、マイナス感情が湧き起こった時もただフタをするのではなく、適度にコントロールすればいいということを知ります。また、他人の感情に共感しやすくもなり、自分自身と世間を今以上に受け入れられるようにもなります。それによって自由にも元気にもなれ、大胆に、創造的になることができるのです。

人生を振り返る本当の意味

一方、中年になると人はようやく、自身の人生を省みるようになります。いつまでもそばにいてくれると思っていた両親が病に倒れたり、老衰で逝く姿を見て、命には限りがあるという事実を思い知らされます。当然、自分も同じような道をたどっていつかは死ぬ。この事実を認識するのはつらいものです。こうした苦しみがしばしば歩みを止めさせ、過去を振り返らせるのです。

誰しもその過去には多くの苦しみと後悔があるはずです。人から傷つけられた記憶や、反対に誰かを苦しめた記憶まで……。しまい込んでいた過去を掘り起こすたびに、胸に痛みが押し寄せます。ですが、こうした振り返りの作業を通して、人生の意味を噛みしめ、自分をここまで生かしてくれた数々の人々や出来事のありがたさに気づかされるのも事実です。そして、今、この場にいる自分という存在がなんと素晴らしい存在なのかにも気づくのです。

私が受け取った宝物

私の場合、パーキンソン病にかからなかったら、これほどまでに人生を省みることもなかったでしょうし、周りの人たちに感謝することもなかったはずです。

パーキンソン病と診断されたばかりの頃、私はすべてを失ったと考え、世の中を恨んでいました。しかしある時、私は実はとても恵まれているということに気づいたのです。よく考えてみたら、病のために失うことが多くても、それでもまだ自由にできる分野もたくさん残っているのですから。

まず、どうしても体が言うことを聞かない状態を経験しているので、少しでも動かせる時はそれだけでも感激です。手の指、脚、そして足の指が動かせることは、なんとありがたいことでしょうか。また、パーキンソン病の代表的な症状に認知症がありますが、私にまだその傾向が現れていないことも奇跡です。ですから、この本を執筆していること自体が奇跡そのものです。

また、病院を畳んだ後、患者さんたちには会えなくなりましたが、それでも私のそばにいてくれる人たちがいて、彼らがいかに大切な存在なのかも悟らせてくれました。

特に娘です。彼女のおかげで、私は2人の孫たちの「お婆ちゃん」になることができました。私が両親から受け継いだ生命のバトンが、娘を通じて孫たちに受け継がれているという奇跡を目にしながら、人間の営みが綿々と受け継がれている事実に感嘆するばかりです。私が大切に思っていた人生の価値が、娘、そして孫に伝わっていることを見るにつけ、私自身も毎日をなおざりにできないと決意を新たにしています。彼らがこれから生きていく世の中をよくするためなら、影ながら力になりたいと思っています。

こうした悟りは、ひとりひとりに与えられた人生からのプレゼントのようです。人生の春と夏が過ぎ、秋の入口で過ぎ去った時間を収穫して、ようやく手にすることができる豊かなプレゼントです。

人を信じながら、人とともに生きていくために

この世で最も危険で恐ろしい生き物は、何と言っても人間でしょうね。肌の色や宗教が違うからと何百万もの人々を無慈悲に虐殺する。遺産や保険金欲しさに家族や友人相手に刃物を振りかざし、騒音問題で殺人まで犯す。せっかくの高い知能を人をだますために利用し、他人がどうなろうと自分さえよければと振る舞う身勝手さ……。どれも人間が見せてきた危険な姿です。

こうした人間の暗部を知り過ぎるせいか、中年にさしかかると、「この世で一番恐ろしいのは人間だ」などと口にするようになります。こんな恐ろしいやつらから大切な家族を守ろうと、警戒の手も緩められません。家の周りに高い塀をめぐらせて、都市の孤島のように暮らす人が絶えないのもそのためです。それでも怖がる大人たちは、子どもたちに、「この世は危険がいっぱいだから、簡単に人を信じてはいけないよ」と教え込むのです。

「人を信じない」とどんな人生を歩む？

しかし、そんな人たちに向け、私は言いたい。人を信じられないということは、孤独なものです。もしあなたが人を避ければ、裏切られることもなくなる代わりに、いつも警戒して不安な気持ちで過ごさねばなりません。しかし、人を信じればそうした不安から解放され、世界は途端に住みやすい場所になります。それでも人を信じられませんか？

残念なことに、それを聞いてもほとんどの人は、それでもやっぱり他人は信じるものではないと答えます。騙されるくらいなら他人を疑いながら不安な日々を過ごすほうがマシだと言い、こう反論するのです。

「では、先生は他人のことが信じられるのですか？」

もちろん、私は人を信じています。人を信じると、まずは自分の気持ちがとても楽になります。人を疑いアンテナを立ててビクビクしなくて済むからです。当然、裏切られれば悲しいし、そんなことが過去になかったわけでもありません。しかし、傷つくことを恐れすぎて他人のことを信じないのは、幸せになる機会を棒に振っているようなものです。まだ起きてもいない心配事のために、今日の幸せをあきらめたくないもの。

例えば、「ローマ旅行ではスリが多いから気をつけなさい」と教えられた人が、旅先で出会った人が皆スリに思えて警戒し続けたといった話。財布は守れるかもしれませんが、旅の楽しさは半減するのではないでしょうか。そこまでして守る財布に、どれだけの価値があるのでしょう。実にもったいないことです。

とは言え、ただむやみに人を信じていいというわけでもありません。大事なことは、どこまで人を信じるかという程度の問題です。相手が信じていい人なのかどうかを見極める目を育てることも重要です。また、信じられる人だと思っても、人間というのは揺れ動きやすい存在です。強い誘惑には分別がつかなくなることもあり、１００％信じられる人など、そもそもいないのかもしれません。

「人間関係の限界」を設定しておく

そのためにも、相手との大事な関係を守るための、一種の判断基準を設けておくとよいでしょう。人間関係の限界を設定しておくのです。

私は人とつき合う際、あらかじめ限界を設定しておくタイプです。限界というのは、お互いの人間関係を友好に保つため、「ここまでは許せる」といった線引きのことです。

どういうことかというと、私は友人とは絶対にお金の貸し借りを行いません。友人がどうしても貸してほしいと言えば、返してもらえなくても結構という前提で、可能な範囲の金額を渡します。これなら、もし相手が返せなくても気分を害することもありません。

考えても御覧なさい。大切な自分のお金なのに、友人に貸してなかなか返してもらえない時のことを。たとえ相手にのっぴきならない事情があったとしても、いつまでもお金を返してくれない友人に対して腹が立ってくるに違いありません。これがもし、「友人のためなら自分が無理してでも尽くすべきだ」と設定していたらどうでしょうか？　今度は、お金を返さない友人に対して怒りを感じる自分のほうを責めるようになるのです。

また、友人が半年後に返済すると約束してくれた場合も、その半年間は、電話をしようにも「返済の催促と思われはしないか」など、いらぬ心配が頭をもたげ、自然につき合うことができません。きっとそれは友人も同じでしょう。ですから、そんな状況を回避する意味でも、「お金の貸し借りはしない」というのが私の原則です。

こうした線引きは親子関係でも同じです。我が国では昔から「長患いに孝子なし（長く病気でいると親孝行な子どもにも疎まれる）」と言うように、たとえ親だとしても、我が子が親に尽くすのは当然だと考えてはいけません。看病してくれる子に対しては感謝し、迷惑をかけ過ぎないように努力すべきです。

もう「いい人」になるのはやめなさい

このように、それぞれが抱いている望みや欲に対し、前もって「ここまで」という限界を設けておくことは、お互いにとって自分を守りながら、関係を安全に維持するのに有効です。もちろん、断るという行為は大変な勇気がいるものです。嫌われても構わないと相手を突っぱねるような気がしてしまうからですが、お互いのことを尊重し合える関係というのは、それぞれの感情を傷つける限界がどこなのか、慎重にバランスを見極めている時に成立します。

関係を築きたい相手がいる場合は、まず、傷つくようなことが起きても自分で回復できる感情的な限界がどこまでなのかを把握しておきましょう。そこで決めた線引きを基準として判断してください。たとえ、どんなに近しい人からの要望だとしても、自分の気持ちや人生にマイナスになりそうだと判断した時は、「申し訳ないけれど、私は力になれません」ときっぱりと答えてください。

特に、つい「いい人」になって相手に気を遣い過ぎて疲弊しがちな人（良い関係を維持しようと、ひとりで勝手に傷ついている人）ほど、こうした線引きの設定が必要です。

人を信じながら、人とともに生きていくために――。人間関係の限界設定は、そのための最小限の保護装置です。

chapter 5

もし私が人生をやり直せたら

何度だって失敗して、それを喜びたい

鳥は卵からぬけ出ようと戦う。卵は世界だ。生まれようと欲するものは、一つの世界を破壊《はかい》しなければならない。

少年シンクレールが、友人デミアンに出会って成長していく姿を描いた、ヘルマン・ヘッセの小説『デミアン』に登場する有名な一節です。すべての成長には痛みが伴い、私たちはそれを「成長痛」と呼びもします。新しい世界へ向かって既存の世界の殻を破る際の痛みというわけですが、成長痛を痛みとだけ見なしてしまっていいものでしょうか。

殻を破って外へ出るというのはとても爽快なことです。鬱々とした狭い世界から飛び出し、思いきり翼を広げて広大な空を羽ばたけるのですから。そんな自由を想像するだけでもワクワクします。

その感覚を、私は大学の演劇部の活動を通して初めて知りました。それまでの私は、授業中に人前で音読するのも苦労するような、内気で恥ずかしがり屋の少女でした。演劇部に入ったのもそんな性格を直したいと思ってのことですが、いざ入部して人前でやろうとすると勇気が出ない。発声も所作もぎこちなく、何度も辞めようと思ったほどです。

しかし、1年生の冬休み公演で転機が訪れました。呉泳鎮《オヨンジン》の戯曲『生きている李重生《イジュンセン》閣下』（※1）で、長女役として初めてキャスティングされたのです。それほど重要な役でもないのに肩に力が入った私は舞台上でNGを連発。それにもかかわらず、幕が下りた瞬間は得も言われぬ喜びに全身を包まれていました。

たくさんの観客の前で芝居をやり遂げたという達成感と、胸の奥で何かが火花のようにはじける感覚。舞台の上の私は、普段の私とはまるで別人でした。恥ずかしがり屋の私はすっかりどこかへ消えてしまっていたのです。

そして何よりも、役に入り込んで演じきったという経験が私に自信をもたらしてくれました。自分はうじうじして何ひとつまともにできない人間だと思っていたのに、そんな私

※1　『生きている李重生閣下』は劇作家・呉泳鎮（1916～1974）による風刺劇。植民地解放後の朝鮮半島を舞台に、親日派の李重生の人生と苦悩を描いた

でもできることがあったのです。それ以来、「少しくらい怖くてもまず挑戦してみよう」が私のポリシーとなりました。

自尊心のコントロール方法

アメリカの哲学者ウィリアム・ジェームズは、「自尊心とは、願望と成功の比で決まる」と述べています。成功体験が積み重なるほどに、自尊心も増大します。自尊心が増大すると、挑戦を恐れなくなります。そして挑戦を繰り返せば、当然、成功率も上がっていきます。成功が成功を呼ぶ、成功体験の連鎖反応です。だから殻を破るのは楽しい。新しい世界で何が起こるのか不安もありますが、どう転んでも、それまで知らなかった自分を発見できるのです。そこからさらに次の成長に向かうきっかけともなるからです。

もし学生時代に演劇部に飛び込んでいなかったら、私は今も人前に出ることをためらっていたかもしれません。精神治療の一環でサイコドラマを試みることも、挑戦する前から無理だとあきらめていたでしょう。

ところで、スピード重視の現代社会では挑戦すること自体のハードルが上がっているようです。手っ取り早く成果を出さなければ淘汰されかねず、たった一度の失敗でも致命的なダメージとなりかねません。だからと言って、ためらっているばかりでは経験値も上がりませんね。世の中の変化に追いつくどころか、自尊心まで低くなってしまいます。

私が国立精神病院で働いていた時の話です。勉強に不安を抱えていたり、試験に何度も失敗している研修医たちの面倒を見ていたのですが、その中のひとりが暗い顔をして私のもとをたずねてきました。三度も落第しているこの学生が差し出した診察記録を見て、私は息を呑みました。誰の目にも支離滅裂なのです。もっと早い段階で先輩にでも見せてアドバイスを仰いでいれば、三度も落ちずに済んだはずです。

とてもやるせない気持ちになり、なぜこんなことになったのかと問うと、「わからないので教えてください」と先輩たちに言い出せなかったと言います。そんなことを言えば、仕事ができない人間のように思われそうで怖かったのだと。それで自分ひとりで解決しようと努力したが、仕事が遅い上、結果も芳しくなかったのだと。

この研修医に限らず、人はミスや失敗を何度も繰り返すと、「自分は何をやってもダメだ」と、だんだんと新しいことに挑戦することを恐れるようになります。

足を鎖でつながれたまま大きくなったゾウは、自力で鎖を引きちぎれるほど成長しても、その鎖につながれたままでいるそうです。小さい時に鎖をちぎれなかった記憶が、ゾウを自暴自棄の状態にしているのです。このゾウのように、実はその状況を打開できる力が十分にありながらも、早々にあきらめてしまっている状態を、「学習性無力感」といいます。失敗した経験が挑戦を妨げ、成功から遠ざかるしかありません。しかし、そんな状況であるほど、小さな挑戦と成功が重要なのです。

一度も旅行をしたことがない人に、「ひとりで海外旅行してこい」と言っても難しい話です。しかし、まだ行ったことのない近場に友人と旅してこいと言えば、チャレンジのハードルはぐんと下がります。そうやって何度か小旅行を繰り返していくうち、もっと遠くへ行ってみたいと思うようにもなり、その後はひとりで海外旅行に行く勇気も芽生えるはずです。

どんな失敗をしても、人はやり直せる

このように小さい挑戦で成功を収めると、次の挑戦へのハードルが下がります。挑戦も無気力と同様に学習するからです。また、成功の可能性が高まっているので、たとえ失敗してもそれは成功への一過程であると考えられ、次の挑戦に向き合えるようになるのです。

こうして見ると、人生とは、行動して感じ、考えることのようです。つまり、すべて経験であり、それ以上でも以下でもありません。経験が多ければ多いほど、人生が豊かになるのは言わずもがなです。

失敗を恐れて、せっかくのチャンスを逃さないようにしてください。私の経験ですが、何度も失敗したからといって人生が台無しになるようなことはありませんでした。

例えば、会社を辞めたり離婚したりしたとしても、人生をよくしようという意志さえあれば、上手に切り抜けていけるものです。もし、小さな失敗で落ち込み、自分を責めている人がいるなら、そんなに心配しないでほしい。

もっとも、最近では私も病気のために室内で過ごすことが増え、新しい経験をする機会は以前ほど多くはありません。それでも私の特技は、絶えず小さな挑戦をし続けるということです。写真展の開催も、イラストを描いて本を出したこともその一環です。今は、新たに出会った人たちと次の挑戦の準備中でもあります。その行動のどれもが、カメラマン並みに写真が撮れたからでも、画家のように絵が描けたからでもありません。ただ、私が美しいと発見した驚きや感動を、他の人たちと共有したかったからに過ぎません。

それでも、私の作品を見た人たちから、「あなたの撮る水滴の写真は、本当に美しい」「先生の描いたくねくねのイラストを見ると、心が安らぎます」などと言ってもらえたのです。私の新しい挑戦にも意味があったと思えました。何よりも、こうした新しいチャレンジの最中は、ワクワクして人生が豊かになったように感じられました。

例えば、時には通勤ルートをいつもと変えてみることをお勧めします。食事も珍しいものを食べてみる。友人と会う時も、いつもの場所ではなく初めての場所を選ぶ。楽しそうなことは一度は挑戦してみる。このように、新しい経験をたくさん重ねた人と、いつも同じ行動を繰り返す人の明日は、どんなに違ってくるでしょうか。

もし私が人生をやり直せるなら、もっともっと、失敗したい。光の速さで過ぎ去る時間の中で、もっと多くの経験をし、ちょっとやそっとのことでひるんだりしない。そうやって培った経験が、いかに価値のあるものかよく知っているから。

老いることを恐れず、楽しみたい

今となっては失礼な話ですが、10代の頃は、「お年寄りって何が楽しくて生きているんだろう」と思っていました。表情の乏しい顔に深く刻まれたしわは、彼らの労苦に満ちた歳月と憂いを物語っているかのようで、あんなふうになるくらいなら、いっそ若いうちに死にたいとすら考えたほどでした。

そんな私も気づけば60代。顔にも体のあちこちにも歳月の跡が刻み込まれた年相応のおばさんになりました。しかし幸いなことに、10代の頃に感じていた不安はただの思い込みだったということもわかりました。むしろ今は、毎日が楽しくて仕方ありません。もし10代の頃の私のように考えている若者がいるなら、堂々とこう伝えたい。「年を取ることは怖いことでも悲しいことでもないし、悪くないわよ。若さの代わりに、歳月が別のプレゼントをくれるのよ！」、と。

今の私があるのは、60代の今日まで、闘病も含めてさまざまなことを経験したおかげです。その過程で強くもなり、おおらかな心を持ち合わせられたことも、世間を知り、幸せの何たるかを知ることができたのも、これまでの歳月が私にくれたプレゼントでしょう。

「生きていても楽しくない」ある男性の告白

私が担当した患者さんで、ずっと不眠に悩まされているという70代の男性がいました。「生きる楽しみが見出せない」といつも浮かない顔をしていましたが、すでにご子息は独立して家庭を築き、彼には誰もがうらやむような財産もありました。診察のたびに、資産管理がどうのだとか自分のビルがどうのと自慢混じりの愚痴をこぼしたりするものの、はた目には何の問題もないように見えました。それでも男性は自分の人生に満足できないでいるのです。ある日などは、急に若々しい顔立ちになって病院に現れました。整形手術を受けたと言い、顔にあったしわは消え、たるんでいたまぶたはくっきりとした二重に。まるで40代かと見まがうほどの外見を手に入れてもなお、男性は、「眠れない、生きていても楽しくない」とこぼすのです。

私は彼の診察をするたびに残念に思っていました。この男性は幸せになる要素も、生き甲斐に満ちた生活を送るチャンスも十二分にあるのに、いつまでたっても満ち足りることができずにいるのですから。

老いを楽しむための心構え

若い人たちが老いに対して悲観的なのには、マスコミが寂しく悲惨な病気の高齢者の姿ばかりクローズアップするせいもあるかと思います。ですがそうした状況は何もお年寄りに限った話ではありません。若くても突然病気になることもあれば、体力が落ちることもある。単に老人のほうがそうなる確率が高いというだけで、老人の特性ではありません。哲学者プラトンが、老いについて著述したこんな一文が思い出されます。

「端正で自足することを知る人間でありさえすれば、老年もまたそれほど苦になるものではない。が、もしその逆であれば、そういう人間にとっては、(中略)老年であろうが青春であろうが、いずれにしろ、つらいものとなるのだ」(※2)

自分の生き方に満足しながら過ごせるなら、年を取ることはそれほど恐ろしいことではありません。自分が集中すべき相手や仕事があるとか、たとえそれがない人でも広い心でどっしり構えていれば問題ないのです。そもそも、老いに向かう行進は、この世に生を受けた瞬間から始まっています。

それでも少しでも愉快に年を取るために必要なことがあります。「自己超越の能力」です。平たく言えば、「他者に関心を持つことと、世の中に目を向けること」。つまり自己超越の能力とは、他の人の喜びも自分事のように喜べる力であり、また、何事にも関心を持てる力、次世代の未来に投資できる力でもあります。

こうした自己超越の能力があれば、襲いくる虚無感を克服し、生きる意味につなぐことができます。自己超越の能力の土台には、自分がこの世から消えてなくなっても、先祖や親、師やメンターたちから受け継いできたもの（それが知的・霊的・物質的ないずれであっても）は、次の世代を通じてつながり、世界はそうやって存続していくのだという信念があるからです。

老い方に正解はありません。ある人は静かな老年期となり、またある人はバイタリティあふれる活動的な老年期を送るかもしれません。いずれにせよ、自分が満足できるように過ごすのが最善の生き方です。

老いとどう向き合うかに対する私の話が、あまりにもあっさりしていると感じる読者もいらっしゃることでしょう。しかし、私が言いたいことは結局、「老いることを恐れないで」。このひと言に尽きます。

思い描いていた「お婆さん像」は完璧すぎた

50歳を過ぎた頃から、自分がお婆さんになった姿を想像するようになりました。その当時の理想では、好奇心を忘れずわずかなことにも感動できるお婆さんになりたいと思っていました。もっと言えば、世の理不尽も笑い飛ばせるような余裕と包容力まで兼ね備えた、温かく愉快なお婆さん。孫たちが悩んでいる時にはよき相談相手となってあげられる、そんなお婆さん像を思い描いていました。

実際に孫ができて本物のお婆さんになってみると、50代の頃に思い描いていたお婆さん像はあまりにも完璧すぎたと痛感しています。私は孫たちのお婆さんとしては、まだまだ

※2　『国家』邦訳版は、藤沢令夫訳、岩波文庫

未熟です。遊びに来た孫たちが帰る時には寂しくてたまらないし、その気持ちを隠すことができません。結婚した娘にも、なぜもっと顔を見せに来ないのかと愚痴をこぼす始末。何よりも、孫たちの成長をいつまでも見届けたいのに、それは叶わぬ夢だと思うたびに胸が詰まります。私にとっては家族と一緒にいられる時間の1分1秒がとても貴重なのに、そんな私の心情など知る由もない娘や孫たちにもがっかりしたり。こうした感情を抱いている自分に気づくたびに、ああ、私はまだまだだなと思うのです。いつになったら、包容力あふれる愉快なお婆さんになれるのでしょう。

それでもありがたいことに、私にはまだ残された時間があります。つまり、まだまだ努力ができるということです。だから私は今でも未来に期待して止みません。これが、私が老いを恐れない理由です。

たとえ傷ついても、もっと愛しながら生きていきたい

いつのことだったか、病院に16歳の女子生徒がやってきました。母親に手を引かれて診察室の椅子に強引に座らされた彼女は、学校にも行かず家に引きこもってばかりで、食事もまともにとろうとしないということでした。何をたずねても答えなかった彼女がようやく口を開いたのは、それから数カ月後のことでした。

「どうせ死ぬのに、なぜがんばって生きるんですか？」

「先生、人は何のために生きるんですか？　必死で勉強していい会社に入って、だから何なんですか？　結婚して子どもを生んで何になるんですか？　どうせいつか死ぬのに」

その通り。いつかはみんな死ぬ。それに、この広大な宇宙に流れる悠久の時間軸からすれば、人間なんて、生きていた証ひとつまともに残せないちっぽけな存在です。にもかかわらず、私たちは生きていく。限りある人生の中にも、変わらぬ価値と無限の意味があると信じながら。それを後世に受け継ごうと努力しながら。死という宿命を前にしても、投げやりにもならずこの世に生きている、それそのものが奇跡です。私は、この奇跡がすべて愛のなせるわざであると信じています。

人間は、人から愛され、大切にされることで、自分が価値ある人間であると実感します。その一方で、心から誰かを愛するという経験は、この世に自分を超越する価値があることを知らせてくれます。それだけでなく、恋に落ちている時の一体感と時が止まったような感覚は、まるで永遠の時があるかのように思わせてくれます。つまり、限りある人生の中で無限の価値を体験させてくれるもの——、それが愛です。

死を見つめる16歳の少年少女の物語

私の弁を聞いた彼女は、信じられないといった顔をしながら反論しました。どうせ死ぬんだから、人を愛すればその分だけ苦しみが増える。むしろ愛など知らないまま人生を終えるほうがよっぽどマシだと。私は返事の代わりに一冊の本を薦めました。死を見つめる16歳の少年少女の愛を描いた『さよならを待つふたりのために』（※3）という小説です。

小説の主人公、ヘイゼルは16歳の末期の甲状腺がん患者。がんが肺にまで転移し、死の淵をさまよったものの、新薬のおかげで命拾いして、おまけの人生を生きている女の子です。彼女は、いつ死ぬかわからない自分の命を、「いつか爆発する手りゅう弾」のようだと感じ、できるだけ人々を傷つけずにこの世を去ることを目標にしています。そんなヘイゼルにも運命のように恋が訪れます。患者同士のサポートグループで、笑顔がステキな長身の少年、オーガスタスに出会ったのです。

彼もまた、骨肉腫で片脚を失うという痛みを抱えていました。ひと目で恋に落ちた2人は、お互いのお気に入りの本を紹介したり、好きなバンドの曲を一緒に聞いたりと、他の10代の少年少女と同じように愛を深めていきます。

しかし運命は無情にもオーガスタスの命を奪い去っていきます。

やがて、ヘイゼルは一通の手紙を受け取ります。それは、オーガスタスが生前、ヘイゼ

※3　ジョン・グリーン著。邦訳版は金原瑞人・竹内茜訳、岩波書店

ルの尊敬する作家宛てに書いたものでした。手紙には、いつか行われる彼女の葬儀のために弔辞を書いてほしいというお願いが綴られていました。そして、「ヘイゼルを愛せておれは運がいい。（中略）この世界で生きる以上、傷つくかどうかは選べないんです。でも自分を傷つける人を選ぶことはできる。おれはいい選択をした。ヘイゼルもそう思ってくれるといい」と結ばれていました。

オーガスタスとの恋がなかったなら、ヘイゼルは望み通り静かに目を閉じることができたかもしれません。しかし、そんな人生に今ほどの意味はあったでしょうか。ヘイゼルはオーガスタスを愛することで、「いつか爆発する手りゅう弾」でも十分に人を愛し、愛されることができるということに気づいたのです。

自分が死ぬ日のことを想像してみる

愛は人を変えます。ヘイゼルは何年もの間、がんに侵されてきた自分の体を初めて愛せるようになります。勝ち目のないがんとの戦いであっても、戦う価値があると思えるようになり、短い人生にも生きる意味があると信じられるようにもなったのです。

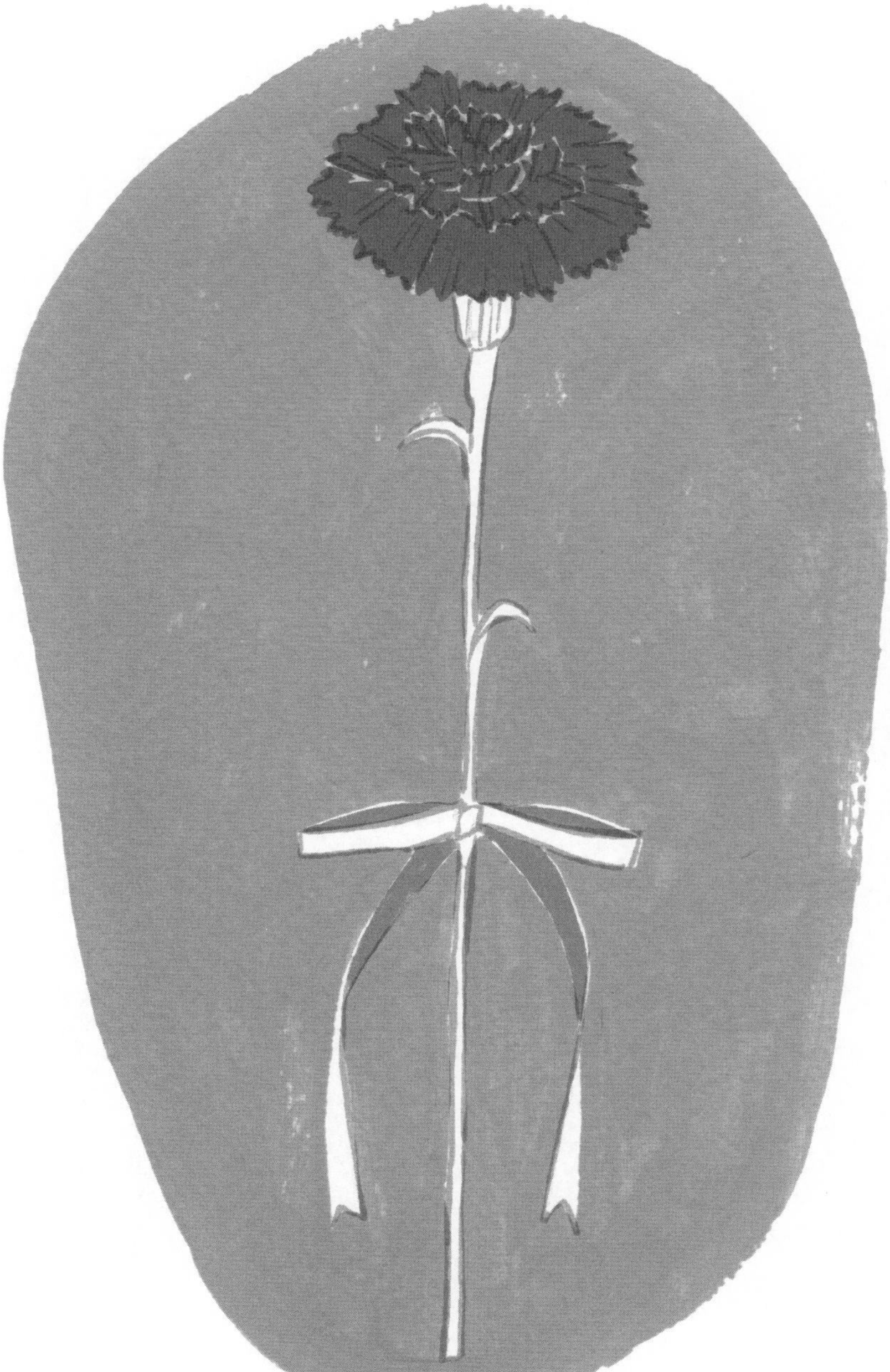

人はいつか死にます。それでも人は、自分が生きた証を残そうと努力します。人によっては巨大なビルを建てたり、名誉を得るために命をも投げうったりしますが、私は、人間が残せるもっとも偉大な痕跡は愛だと信じています。心の痛みも伴いますが、人生をより価値のあるものにし、深みのある人間に育ててくれるのは愛の力です。

愛は、死を前にしても、人に勇気を与えます。老子の研究にも熱心だった作家のレフ・トルストイもこう著述しています。

「中国の賢者が質問を受けた。『学問とは何ですか?』。賢者がこう答えた。『人を知ることだ』。再び質問された。『では、徳とは何ですか?』。賢者が答えた。『人を愛することである』」

自分が死ぬ日のことを想像してみる。恐怖に震える私の手を取り、「見守っているよ。愛している」と言ってくれる人がいたら、そして私が「ありがとう。愛している」と言ってあげられる人がいたら……。それが叶うなら、一生涯で享受しうる愛を十分に交わし合えたと言えるでしょう。そしてその瞬間に、貧しいと思っていた私の人生が、ようやく完結するのでしょう。

私は自分の道を歩き、子どもには子どもの道を歩かせたい

デンマークの哲学者、セーレン・キェルケゴールは、母親の役割としてこんなことを述べています。

「心から我が子を愛する母親とは、子が自力で立つ術を教えるものである。子に対して、いつでも手を差し伸べる準備をしながらも、少し離れたところにいて過保護に手助けはしない。もし子が転びそうになった時、母は子を助けようとして反射的に少し腰をかがめる。するとその様子を見た子は、自分は見守られている、ひとりではないのだという安心感を抱く。同時に、自分を見つめる母親の表情から、励ましと賛辞のメッセージも読み取る。子はそんな母親の表情を見て再び歩き出すのだ。

また、子は、直接的に自分を支えてくれずとも、そばにいてくれる母親の手を頼りに歩く。必要な時にいつでも母親の懐という避難所に飛び込めると知りつつも、ひとりで自分

の道を歩けることを証明してみせようとするのだ。なぜなら、子は今、ひとりで歩いているからである」

キェルケゴールの言葉のとおり、自力で立つ術を学んだ子どもは次第に親の手を必要としなくなり、やがては親元を離れ、自らの道を歩むようになります。親からすると、子を見送る段階です。親の助けなしでは何もできず、守ってあげなければと思っていた我が子を、手放す時が来たのです。

「親の過度な不安」の意外な正体とは?

親ならば誰しも、あらゆる危機から我が子を守ってやりたいと思うものです。しかし、その思いが強過ぎると子どもの独り立ちをサポートするどころか、親のほうが子のそばから片時も離れられなくなってしまいます。

こうした行き過ぎた不安は、親自身が経験した幼い頃のつらい記憶に端を発していることもあります。幼い頃に親と離れ離れになったなど、十分な愛情を受けることができなかった人たちです。そんな彼らが自らの子どもを守ろうと行き過ぎた愛情を注ぐのも、結局は幼い頃に満たされなかった自分の心の傷を埋めようとしている、というケースが考えられるのです。

こうした人たちはひとつの例ですが、程度の差はあれ、親は、子どもがひとり立ちしていくのをすんなりとは受け入れ難いものです。その理由は我が子を自分の分身だと錯覚しているからに他なりません。自分が果たせなかった夢を子に託し、自分より出世することを願うといった、親自身の願望を子に投影するという過ちを犯すのです。

我が子がよその子より勉強もできてスポーツ万能で、人気もあって、よい大学、よい職場に入って、よき配偶者に出会ってお金の心配もなく暮らして……。こうした期待が満たされる可能性もないとは言えませんが、その確率はきわめて低いもの。第一、子どもというのは決して親の望みどおりに育ってはくれません。内向的でリーダーに向かない子もいるでしょうし、親が練り上げた計画が子どもの適性や望みと一致しないこともざらにあります。子どもだって成長するにつれ自己主張が強くなり、親の気遣いや心配さえ干渉だと感じてイライラし始めます。

親としてみれば、子に頼られることは重大な責任を要する一方で、何物にも代えがたい喜びを得られもするのです。それゆえに、子どものほうから親の手を拒否されると、親はショックを受け、「いよいよ子どもに必要とされない人間になるのか」という複雑な思いに駆られます。しかし、それが人生の道理です。

目の前の我が子をそのまま受け入れてください

こんな例があります。ある母親が、子どもを学校に送る道すがら、ママ友に出会います。彼女たちはあいさつがてら、こんな話をします。

「私たち、ホントに運が良かったわよね。学校も楽しいし、いい先生にも恵まれて」

この時、子どもが怒りながら会話に割って入ります。

「ちょっと、学校に行ってるのは私なのよ！　ママじゃなくて！」

この会話で傷ついたのは、実は母親のほうです。このように、親は子どもが成長して親離れしていく時に少なからず心理的なダメージを負います。自分の子どもとはいえ、親とは別の独立した人格であることは頭のどこかではわかっているのですが、いざ我が子との関係となると容易に受け入れられない。子どもが自立すべきタイミングで子離れができずに、結局は親子ともに倒れてしまうケースが多いのも、そんな理由からです。

子どもの手を放すということは、つまり、子どもが自分で自分の人生を選ぶ権利を尊重することです。親が思い描く我が子ではなく、ただ、子どもの意志に任せること。そのためには、子どもに対する過度な期待や、子どもは純粋で言いつけを守って立派に育つものといった理想的な子ども像を捨ててください。今、目の前で笑っている我が子を、そのまま受け入れてください。

親には親の道があるように、子どもには子どもの道があります。したがって、親が子にしてあげられる最善の策は、子どものことは見守りつつも、親である自分自身の道をきちんと歩んでいくことです。そのことが子離れに向けた最初の一歩となるはずです。

私も、いつの間にか成人して母親になった我が娘と、30代の青年となった息子を見るにつけ、しばしば考えます。私自身、自分の道を上手に歩めているかどうかを。

夢中になれることを一生懸命探したい

テスト期間中になるとやりたいことが湧いてくるのはどういうわけなのでしょう。普段は時間を持て余してかったるいくらいなのに、テスト期間中はなぜか見たい映画や読みたい本が目白押しで毎日がイキイキしてくる。そして毎回決心するのです。「このテストさえ終わったら、本も読むし見たかった映画も全部見る。英語の勉強ももっとやろう。もうダラダラ過ごしたりしない！」と。

ところがテスト期間の終了とともに、こうした新鮮な意欲と決心はたちまちどこかへ消え去って、以前のようにダラダラし始めます。そしてまた次のテスト期間になると再び意欲がよみがえって……の繰り返し。

こんな経験は誰しもあるもので、私もそのひとりでした。しかし一方で、なぜそうなるのか不思議に思っていました。当時は、単に勉強から逃れたいせいだろうと考えていましたが、本当の理由はほかのところにありました。

勉強のとてつもないメリット

勉強に取り組むことによって、それまで眠っていた脳内の意欲的な部分が次々と爆発し、それに伴って、ほかの意欲や好奇心も同時に眠りから覚めるのです。言わば脳内にある〝動力回路〟が活性化するのですから、学びの多いテスト期間中に他のことにも興味が湧くのは、必然的なことだと言えます。

それにつけても、テスト勉強ほどやりたくないものはありません。しかし一方では、こんなことも経験しているはずです。一晩中、難問と格闘していて、明け方頃にその問題が解けて喜びと誇らしさを噛みしめたことを。その時の集中力は、いつ夜が明けたのかさえわからないほど。私の場合、問題が解けたことよりも自分がそこに集中できたという事実のほうがもっとうれしかったかもしれません。なぜなら、たとえ答えが導き出せなかったとしても、勉強に没頭できた時は充足感で胸がいっぱいだったから。

何でもいいのです。狂おしいほど何かに夢中になった経験はありますか？　寝ても覚めても頭から離れないような、まるで熱い恋にどっぷりハマるような経験です。そのことに向き合っている間は、我を忘れて没頭できるようなこと。もしそんな経験があるなら、あなたはもう、何でもできる人です。なぜなら、何かに没頭した時に感じる喜びと自信、成果をすでに身をもって知っているからです。

演劇に没頭した私が得たもの

私にとって、学生時代の演劇部の活動がそうでした。大学の演劇サークルに入部してすっかり魅了された私は、少しでもお金が貯まれば演劇を観たり、関連書を買っては読み漁り、誰よりも早く稽古場に入って練習に取り組みました。冬の凍てつく稽古場で練炭を焚きながらでも、または移動の道すがらでも、頭の中は四六時中演劇のことでいっぱい。4年生の時に道化師の役をもらった時は、伝統的な仮面踊りからディスコダンスまで習得し、舞台を大いにかき回して盛り上げました。その芝居を見た演出家に、「本格的に演技をやるつもりはないのか」と言われた時は、うれしさのあまり医学部をやめて映画演劇科に入り直そうかと真剣に考えたほどです。

ところで、本当に興味深い話はここからです。私が演劇に没頭すればするほど、医学部の成績も同時に上がっていったのです。なんと奨学金までもらうほどの好成績で、「芝居バカで勉強もしてなさそうなのになぜ」と友人たちからも不思議がられたものです。しかし、うまく言葉にできないながらも、私にはなんとなくその答えがわかっていました。それは、演劇に没頭した経験が私の集中力と自信を育《はぐく》み、勉強との向き合い方もまた教えてくれていたということです。

何かひとつに没頭できれば、他のことにも没頭することができる。熱愛中の人には世の中がキラキラと輝いて見えるように、何かひとつにハマると世界と恋をすることができるのです。自分の中で花開いた情熱は、自分と他者と世界、このすべてをポジティブに見せてくれるからに他なりません。

教育心理学者のミハイ・チクセントミハイ教授は、「人生において大事なことは、自分だけの生き方を見つけ出すこと」とし、何かに熱中し、没頭する時間こそがそれを可能にすると語っています。

大学時代に演劇に打ち込んだ経験は、間違いなくその後の私を支える力になってくれています。お芝居であっても別の人間の人生を生きた経験は、患者の心に共感する感性を育て、サイコドラマを行う上で大いに役に立っていると実感しています。もちろん、こうした執筆活動の原動力にもなっていると思います。

生きている喜びを味わうために

ソウル大学のファン・ノンムン教授は、その著書『没入——人生を変える自己革命』（未邦訳）で、何かに没頭することが与えるポジティブな効果と幸福感について解説しています。教授によると、「没頭すればするほど、脳のシナプスが活性化してドーパミン分泌が促進され、創造性と意欲の向上、覚醒と快感を体感できる。同時に、対象に対する興味が増すため、おのずとスキルも向上して成果も上がる」のだそうです。

何かに没頭できるということは、何かに情熱が持てるということ。また、その情熱は、人を行動に移させます。

没頭することは、実はいつでも可能です。仕事であれ趣味であれ、あなたの人生に意味を与えてくれる何かに、まずは飛び込んでみてください。我を忘れるくらいに何かに夢中になった経験は、次の新たな挑戦と達成にも役立ってくれます。何よりも、生きている喜びを味わわせてくれるものです。

どんな苦しい時でもユーモアを忘れない

『ゴリオ爺さん』や『谷間の百合』などの傑作で知られる、フランスの小説家バルザック。ソルボンヌ大学で法律を学んでいた彼は、幼い頃から抱いていた小説家への夢を捨てきれず大学を中退。やがて、バスティーユ広場外れの小さな部屋で執筆活動を始めます。

ある晩、事件が起こります。こともあろうに、彼の貧しい小部屋に泥棒が入ったのです。泥棒は唯一の家財である机の引き出しを開けて中を漁り始めます。人の気配に目覚めたバルザックは、泥棒を発見するなり高笑いし、驚いた顔をしている泥棒に向かってこう言います。

「その机の法的所有者である僕が、毎日どれだけ引っ掻きまわしても何も出ない引き出しを漁るなんてね！　それに比べて、君が覚悟すべき危険のことを思うと笑わずにはいられないよ」

こうしたユーモアは、人生におけるさまざまなピンチを痛快に乗り越えさせてくれます。また、人間関係で生じる軋轢や攻撃性を和らげ、日常をやわらかなものにしてくれます。言い換えればユーモアとは、人間の持つ理不尽さを理解する態度であり、危機的な状況下でも希望を持って耐え抜く力を与えてくれるものです。

ところで、ユーモアは、ジョークやウィットとは別物です。ジョークが単純に緊張をほぐすものだとすると、ユーモアには、その緊張した状況を受け止めさせる何かがあります。

ユーモアにもさまざまな種類があるのですが、心から笑わせてくれるユーモアには、温かみとやわらかさが溶け合っています。さらに、どんな人であれ等しく笑える同質性も併せ持っているのです。

随筆家の皮千得《ピチョンドゥク》（※4）は、ユーモアについて、「哀れな人間の行動を、涙交じりに眺める時に得られるものである。したがって、時にユーモアには哀愁が宿る」と語っています。

このように、ユーモアとは、人生における喪失や苦しみを嫌味なく受け止めさせる一方で、迷いや限界を認めさせるものでもあるという悲しさも内包しています。

ですが、苦しみの渦中にあっても笑うことができるなら、それこそ人生に与えられた祝福に違いありません。どんなに苦しく、危険で、混乱した状況にあっても、心に希望の光を灯してくれるのですから。

ユーモアを適切に駆使できる人は、それだけ、自分が置かれている状況を冷静に把握している人だとも言えましょう。適切なユーモアは、相手の心に信頼と安心感をもたらします。精神分析の大家であるユングも、「ユーモアとは人間だけが持ち得る神聖な能力」と述べているほどです。自我の力があれば、自らの衝動や挫折、希望や絶望を受け入れることができ、ユーモアを通じて苦しみを減らすことができるのです。

理不尽で滑稽な人生を生き抜く知恵

「人生の悲劇は、生きながらに心が死んでいることである」

医師であり、神学者でもあるアルベルト・シュバイツァーのこの言葉は、人生の不幸とは、死や別れより、そうした悲劇の中にあって笑う力を失っていることだと教えてくれま

※4　皮千得（1910〜2007）：韓国の随筆家、詩人、英文学者。初詩集『抒情詩集』（1947）で高評価を獲得。数々の随筆が教科書に採用されるなど、国民的に知られる

す。笑いを失うと、感情の余裕も失います。やはり、健全な大人として生きていくためには、人生の悲哀を包み込んでくれるユーモアが不可欠なのです。ユーモアを持って世間を眺められれば、理不尽で滑稽な人生も不思議と受け止められるものなのです。

山あり谷ありの人生を送ってきた人々の穏やかな笑いがありがたく感じられるのは、そこに現実を肯定する態度がにじみ出ているからです。自分はユーモア感覚に欠けると思っている人は、まずは状況を把握する力を育て、人生のさまざまな側面も受け止められるように努めてみてください。それでこそ、あなたとあなたのまわりのすべての人たちを笑いで包み込むことができるから。

ニーチェはこう言っています。「いま最もよく笑う者は、最後にも笑う」と。

どんな瞬間でも、私は私を信じたい

私のひざは傷だらけです。しかし、どの傷を見ても、その傷を作った日のことを思い出してつい顔がほころんでしまいます。

ひと際大きい傷痕は、小さい時に落下傘ごっこをしていて、階段の角にぶつけて深く切ってしまったもの。あの時一緒に遊んでいた友人たちの青ざめた表情と慌てぶりまでが刻まれています。その隣の青く小さな傷跡は、鉛筆を握ったまま遊んでいて転んだ拍子に、ひざに芯を刺してしまった時のもの。芯を抜いてくれた父から「お転婆にもほどがある」とたしなめられた声までが思い出されます。ひざの真ん中、地図のように広がる大きな傷跡は、転んで作った傷に、間違えてやけどの薬を塗って化膿させてしまった時のものです。あの時は学校に行けないくらいの高熱が出て、母に「薬なら何でも塗っていいわけじゃないの」とこっぴどく叱られたのでした。

こうした傷痕ひとつひとつに思い出が詰まっていて、私が生きてきた日々を証明してくれているかのようです。若い頃は恥ずかしくて隠していたものですが、今となっては、むしろそんな過去があってこその自分だと教えてくれる、思い出の記録になっています。

心の傷が愛おしくなる瞬間

ところで、こうした傷は体だけでなく、心の中にもあります。もしかしたら、私が覚えている傷ができるそのずっと前の幼い頃から、心の傷はあったのかもしれません。なぜなら、私は承認欲求が人一倍強かったからです。両親だけでなく、家族や先生、友達からも愛されたい、認められたいと思っていました。もちろん現実は甘くありません。当然、あちこちで傷を負い、ようやく治りかけた傷の上にまたケガをすることもありました。

そうした心の傷も恥ずかしくて隠していたのですが、今となってはどれも愛おしいものです。傷ついては立ち直りを繰り返し、時に我慢もしながら成長してきたからです。そんな経験を積んでいくことが、人生というものなのでしょう。

傷痕というのは、自分の心持ちひとつで、隠すべきものにも人生の勲章にもなりえるものです。もしあなたの体や心に隠したいほど大きな傷痕があるのなら、もうその傷のことで悩まないでください。古い傷に悩んだところで、ただ心が痛むだけ。その傷痕はとっくに癒えているはずなのに、それでもまだ、その古傷に苦しめられるおつもりですか。

私の娘の話ですが、彼女は幼い頃に心臓手術を受けていて、今でも胸にはその時の長い傷痕が残っています。娘はずっとその傷痕のことを悩んでいましたが、ある時、私は彼女を抱きしめて言いました。「その傷痕は、あなたが大きな病気を乗り越えた証なの。まだ小さかったのに、あんな手術に耐えるなんて誰にでもできることじゃない。私はあなたの傷痕をむしろ誇らしく思っているのよ」

古傷に苦しんでいるあなたも同じです。あなたは、その痛みに耐えてここまで来たではありませんか。その傷痕は、あなたが勇敢でタフだったことを物語る人生の勲章です。だから、どうか、たくましく生きてきた自分自身をほめてください。

人は誰でも自分を癒す力を持っている

医師は病気を治す存在だと思われています。私も患者たちから、たびたび感謝の言葉をもらいます。「先生、ありがとうございます。おかげ様で随分と良くなって、今では笑えるようにもなりました。主治医が先生じゃなかったら、きっとここまで回復できていなかったでしょう」。ありがたい言葉ですが、私の答えはいつも同じです。

「いいえ。私が治療したのではなく、あなたが自分で問題を乗り越えたのです。私はただ、あなたが心の中の葛藤を解決できるように後押ししたまで。あなたはすでに自力で治癒できる力を持っていて、ただそれを知らなかっただけ。もしかしたら、つらい出来事がその力を押しつぶしていたのかもしれません。私はほんの少し手伝ったに過ぎず、問題を解決したのはあなた自身なのですよ」

人は誰でも自らを癒す力を持っています。これは心理学で「レジリエンス」(弾力性、回復力)と呼ばれ、困難な状況に直面しても立ち直っていく力のことです。怪我をした皮膚がきれいに回復していくような復元力、その力は想像以上に強いものです。ホロコーストのような悲劇的な場所から生還した人たちが再び人生を立て直すことができたのも、こうした人間に備わった弾力性によるものです。

アメリカの心理学者サルバトール・マッディは、イリノイ・ベル電話会社の450人の職員を対象にストレスに対する研究を行いました。同社が廃業の危機に瀕した際、多くの職員がパニック状態に陥り、離婚したり、心臓麻痺や脳卒中で倒れたりするなど大小の苦難を経験する一方で、全体のうちの3分の1の職員は、以前と変わらず健康を維持し、解雇されてもすぐに次の働き口を得ていたのです。こうした人たちの共通点がまさに、レジリエンスです。もちろん彼らがストレスを受けなかったわけではありませんが、そこから立ち直る力が優れていたというわけです。

彼らは、苦難や逆境は生きていれば当然の経験であると受け止めて、成長のチャンスとして受け入れている。また、苦難を他人のせいにせず、むしろそれを乗り越える方法を学ぼうと努力していたのです。

もし今あなたが、挫折と絶望の底に陥っているのなら、忘れないでいてほしいことがあります。神は人間に苦難を与えますが、またそれを克服していける弾力性も授けてくれていることを。だから私は信じています。あなたが今の悩みに終わりがないように見えていても、自分で自分を落ち着かせ、日々を乗り越え、そして再び前進して行ける力の持ち主であることを。

今の苦難を乗り越えたいと思うなら、まず真っ先に自分を信じてください。そうすれば、あなたの内に潜在する驚くべき力が強い味方となって、どこへでも運んで行ってくれるはずです。

そして静かに死を迎えたい

死は、まさに「一巻の終わり」です。人生という長い旅路の終わりであり、それまで享受してきたすべての喜びと幸せの終わりでもあります。と、同時に、その瞬間まで苦しめられてきたあらゆる痛みと悲しみからの解放でもあり、愛しい人たちや私を傷つけた人、私が傷つけてしまった人たちとのお別れでもあります……。

「死」とはいったい何なのか?

つまり、死とは、この世に生を受けてからずっと抱えてきたすべてのもの――肉体、執着していた名声や成功、財産、そして自分に許された時間まで――を、再び世に返し、旅立つことです。

死は、「恐れ」です。この世に自分が存在せず、愛しい人たちにももう会えないという恐れ。目を閉じた先に待ち受ける、未知の世界への恐れ。その世界とは、私が現世で犯した過ちを償うためにあるのでしょうか。また、単なる屍《しかばね》となった自分の肉体が、朽ち果ててバクテリアのエサになってしまうということへの恐れ。これらに従うほかないという無力感は、恐れをひときわ大きなものにします。

死は、「教え」です。残された時間がわずかという時になって初めて、どう生きるべきかを教えてくれる残酷な師でもあります。この世に存在するあらゆる物、あらゆる瞬間の美しさに気づかせ、本当に大切なことが何なのかを悪気もなく教えてくれる無邪気な師。しかし、この師には、慈悲深い面もあります。単なる自然の一部に過ぎない私の死を、ありのまま見つめさせ、人生を完成させてくれます。また、この世を許し、何よりも感謝することを教えてくれます。

死は、「つながり」です。それまで自分がいた空間を次の人に明け渡すこと。それがこの世を永続させるための自然の確固たる意志であり、無限の慈悲です。自分が歩んできた時間が終わっても、時は流れ続けるのです。

死を見つめ続けた作家、トルストイ

レフ・トルストイは、死を恐れていた作家です。彼は、幼少期より自らの死の瞬間を想像し、死を見つめながらその恐怖を乗り越えようと努めていました。そうして誕生したのが、小説『イワン・イリッチの死』(※5)です。平凡で世俗的な判事イワン・イリッチが、死と向き合う過程で感じた心の葛藤を描き出した、トルストイ後期の作品です。

主人公のイワン・イリッチは、自分の病が悪化していくのを日々感じながら、死もそう遠くないのではと思い始めます。しかし、彼はなかなかそれを受け入れることができません。死に対する恐怖から逃れようと仕事に没頭してみたりするものの、気を紛らわせるどころか、むしろ腹が立ち、苦しみます。

しかし、イワンの家族や同僚たちは、そんな彼の寂しさや苦しみをまるで理解していませんでした。それどころか彼らはイワンに対して死期が近いという事実を明言しなかっただけでなく、彼の病が快方に向かっているとうそぶいたのです。

イワンをもっとも苦しめたのは、病そのものより、そのウソのほうでした。彼らは、「落ち着いて治療を受けていれば、必ず良い結果が得られる」と偽っただけでなく、イワンに対しても、そのウソを信じているかのような振る舞いを強要したのです。耐えかねたイワンは、毎回心の中で悪態をつきます。

「もとは命があった。それがいま逃げて行ってる、逃げて行ってる。しかも、それをとめる事ができないのだ。そうだ、なにも自分で自分を欺くことはない。おれ以外の人はみんな誰もかれも、おれが死にかかっていることを、はっきり知っているんじゃないか。(中略) 前には光があったが、今は闇だ。前にはおれはここにいたが、今はあちらへ行ってしまう! いったいそれはどこだ?」

人は、死期の近い人に面と向かって、「あなたはもうすぐ死にます」などとは言えません。それが残酷だと考えているからです。ゆえに、死を否定するウソをつきます。しかしこうしたウソが、実は、死を待つ人々を一層みじめにさせ、死への恐怖を新たにさせているのです。

イワンの言葉のとおり、「あの連中は誰ひとり知らないんだ。知ろうともしなければ、気の毒だとも思わない」と感じるだけです。このとき嘆かわしいことは、お互いが猿芝居

※5 邦訳版は米川正夫訳、岩波文庫

をしている間も、死に向かう人の大切な時間を無駄にしてしまっている点にあります。その人が人生を締めくくるチャンスを奪ってしまっているようなものです。

死は、人生の一部でもあります。皮肉なことに人間は、その時になってようやく、死ぬのにも他者の助けが必要であることに気づきます。

命を全うする時、私たちは、生まれた時と同じように自らの体を他人の手に委ねます。死が迫る過程では、食事や排泄など他人の手を借りることも少なくありません。まるで生まれたての赤ん坊に戻るかのようです。改めて見ても、他人との関係の中で育ち、死を迎える運命を背負っているのがまさに人間という存在です。これについてトルストイは、こう述べています。

「イワン・イリッチは長いあいだ苦痛を経験したため、時とすると、ある一つの願いがなによりも強くなることがあった。それは自分自身に白状するのもきまり悪いほどであるが——彼は、病気の子供でも憐《あわ》れむようなぐあいに、誰かから憐れんでもらいたいのであった。子供をあやしたり慰めたりするように、撫でたり、接吻したり、泣いたりしてもらいたい。彼は自分が偉い官吏で、もう髯《ひげ》も白くなりかかっているのだから、そんなことはできない相談だと承知しながらも、やはり、そうしてもらいたかったのである」

死に直面した時、私たちはどうなる？

誰しも、大切な人たちに見守られ、愛を感じながら命を全うする権利があります。見送る側も、死に直面した人の手を握り、撫でさすってやりながらともに泣くべきなのです。その人が寂しくないよう、安らかな慰めに包まれて人生を終えられるように。その行動は、いつか自分にも迫りくる死に対する準備でもあります。先立つ人たちはそのことを身をもって教えてくれているのかもしれません。

誰しも死ぬ瞬間まで人間としての尊厳を失いたくありません。そのためにはどうすればいいのでしょうか。

パーキンソン病だと診断された22年前の私も、イワン・イリッチと何ら変わりありませんでした。難病を宣告されてももう少し冷静でいられると思っていたのに、実際は、自分の運命を恨み、腹が立つと同時に、恐怖でいつでもびくびく震えていました。

「イワン・イリッチの過去の歴史は、ごく単純で平凡だったが、同時にまたきわめて恐ろしいものであった」

イワンについての描写はこんな書き出しで始まります。

そしてこの短い一文の中に、人が死を恐れる理由と、恐れることなく静かに死を迎えるためのあり方がそのまま溶け込んでいます。

平凡なイワンは、世間で良しとされる出世と見栄を満たすことで日々を生きてきました。まるで彼の人生に死などないように。しかし、いざ死を意識するようになると、それまで自分が追い求めてきたものがいかに陳腐なものだったのかをいたく反省し、体と心の痛みによってすっかり忘れていた生きる楽しみや友情、希望などを振り返り始めます。

ついに彼は、自分が死を拒む理由が、これまでの人生を素晴らしいものだったと正当化しようとする気持ちにあると気づきます。その瞬間、死に対する恐れが消え、「ああ、そうだったのか！」と命を全うする存在について悟る。彼の悟りは、死の代わりに光を見せてくれたのです。「なんという喜びだろう！」。そして彼は、「もう死はなくなったのだ」と胸の中で繰り返し、ひとつ息を吸い込んで、そのまま息を引き取ります。イワンのように死を認めれば、現在をもっと繊細に感じ取ることができ、そこに人生の本当の幸せも見い出せるのでしょう。

死への恐怖を克服する、たった1つの方法

「近ごろ、生きるってこんなにも幸せなことなんだと、改めて実感しています。天国って実は、私が今いるここがそうなんじゃないかって感じる時があるほどに」

難治性の肺結核を患い、数年にわたって命の綱渡りをしていたある女性患者の言葉です。出会った当時、彼女の肺の片方はすでに摘出され、残りの片方も結核菌に蝕まれて日々、検査結果にうなだれながら生きていました。うつ症状で私の治療を受けていましたが、私ができることは、彼女の話をただ聞くことだけでした。

そんな彼女が、数カ月ぶりに病院にたずねてきたかと思うと、先ほどの言葉に続いて次のように語りました。

「私が生きていることも何もかもが繊細に感じられ、どれも驚きしかありません。すべてに対する感覚がよみがえるようです。呼吸困難の時もありますが、それも私が生きている証拠。何より希望を抱くことができるという事実がどんなに幸せでありがたいことか。こ

の病の苦しみがなかったなら今でものほほんと暮らしていたのでしょう。こんな大きな幸せがあることも知らないままに、ね」

今はもう結核菌も発見されず薬もやめていると言う彼女は、こぼれんばかりの笑顔をふりまいて、むしろ私をあたたかい気持ちにさせてくれました。

彼女の姿からもわかるように、死に対する恐怖を克服する方法とは、大げさなものではなく、まさに人生の刹那の中にあるようです。今、この瞬間に深く感謝しながら生きること。そして、いまわの際に手を取って慰め、恐怖を分かち合える人がいてくれるのなら、そしてその人の手に私の人生のバトンを渡すことができるのなら、死は恐れるに足りません。

死は一巻の終わりではなく、人生の連続した一部である——。

そう受け入れれば、死とは、人生を完成させるための最終過程です。そんなふうに私も静かに死を迎えたい。それが私の最後の願いです。

おわりに

私の人生のバケットリスト10

「バケットリスト」とは、死ぬまでに必ずやっておきたいことをまとめたリストのことです。ジャック・ニコルソンとモーガン・フリーマンが主演した映画『最高の人生の見つけ方』（原題『The Bucket List』、2007年）で、一躍有名になりましたね。

映画の主人公カーターは、ある日突然、余命宣告を受けます。大学時代は歴史教師を目指していたカーターですが、家庭の事情により夢をあきらめ、自動車修理工として家族のために尽くしてきました。もうひとりの主人公であるエドワードは、日々の暮らしにあえぐカーターとは対照的に、16もの病院を経営する大富豪。入院先で同室となった2人は、最初こそ疎ましく思っていたものの、余命半年という状況が互いの心を開かせます。

そんな中、カーターは、大学生の時に課題で出されたバケットリストのことを思い出します。死ぬまでにやっておきたいことを紙に書き出してみたものの、もはや意味がないかと捨ててしまうのですが、それを拾ったエドワードがこんな提案をします。「このまま死ぬのは惜しい。一緒に実行しよう」。スカイダイビング、タトゥー彫り、マスタングに乗ってレース、インドのタージマハルを訪れる、泣くほど笑う、誰かの役に立つことをする……など、病院を出た彼らは、3カ月の間にバケットリストをひとつずつこなしていきます。その過程で生きる情熱を取り戻し、疎遠にしていた家族とも再会し、顧みることのなかった自我を探し、人生の意味に気づき始めるのです——。

さて、私にも残された時間はそれほど多くありません。私なら何をしよう？　映画を見ながらそんなことを考えていたら、タイミングよくこんなセリフが飛び出したのです。

「古代エジプト人は、死についてすばらしい信念を持っていた。魂が天の門を通ると神から2つの質問をされるんだが、天国へ行けるかどうかはその答え次第さ。ひとつは、君はこの人生で喜びを見つけられたのか、もうひとつは、君の人生が他者に喜びを与えたのか。さあ、答えてみろって」

私は、自分の人生で喜びを見つけられたのでしょうか。そして、私の人生が、他の人たちに喜びを与えたのでしょうか。即答できませんでした。その後もこの質問が頭を離れず、ついにバケットリストを作るまでに至りました。

2015年にまとめたバケットリスト

2015年に、初めてまとめた私のバケットリストは次のとおりです。

①絵を描く

小学生の頃の夢のひとつ、それは画家になること。自分が見た世界を絵筆で表現してみたい。近頃ではスマホのアプリを使って描いた絵と短いメッセージをごく近しい人たちに送ったりしているけれど、本格的にきちんと描いてみたい。

②国内の海岸線を踏破する

国内の海岸を全部ぐるりと回って、海辺の景色を見たい。同行者がいてくれるとうれしいけれど、ひとりでも構わない。体がきつくて一度には無理だろうから、何度かに分けて行かなくては。

③外国語を勉強する

死ぬまでにはあと2カ国語くらいを学びたい。今、考えているのは中国語と、ロシア語またはスペイン語。外国語を勉強するというのは、その国の人々に出会い、理解を深め、ひいては自分の世界を広げられるもっとも手っとり早い方法だと信じている。

④おいしい手料理でもてなす

ひとくち食べると思わず笑顔になるような、一生忘れられないくらいのおいしい料理を作って好きな人たちをもてなしたい。

⑤私を傷つけた人たちに思いきり言い返す

これまであまりにもカッコつけて何ともないふりをしすぎていたみたい。私を傷つけてきた人たちに向かって、いじわる婆さんみたいに思いきり言い返してスッキリしたい。

⑥世界中の本を全部読みたい

長時間の集中が厳しく、目もしんどくなってきたため、読書することが簡単ではなくなった。手遅れになってしまう前にできるだけたくさんの本を読みたい。

⑦本を1冊書く

これまで5冊の本を書いてきたもののどれも恥ずかしいものばかり。次こそは、どこに出しても恥ずかしくない、皆さんの役に立てて、それでいて心も温かくしてくれるような本を書きたい。

⑧夫と無人島で1週間過ごす

ただ、何となく。やってみたい。

⑨家族一緒に、幸せなクリスマスを送る

もちろん、長男の嫁と娘婿まで一緒に。

⑩来たところに、静かに帰る

死ぬ時まで騒々しくしたくない。静かに人生を終えて旅立ちたい。

ところで、意外にもこのバケットリストについての反響が大きく、多くの読者から「あの中で実行したことはあるのか」という質問が寄せられたほどでした。このリストは当時、絶対にやりたいと思ってリストアップしたものの、いくつかはいまだ実行に移せていません。それでもやっぱり気になるという読者のために、具体的な進捗状況を次に記しておきます。

私の歩み——バケットリストの進捗状況

①絵を描く
スマートフォンで描いた絵をまとめて、本を出しました。

②国内の海岸線を踏破する
友人たちと、行ける所はすべて回りました。この先もまだまだ実行します。

③外国語を勉強する
病状の進行により視力と集中力が著しく低下したため、まだ手をつけていません。

④おいしい手料理でもてなす

立っていることが難しくなり料理もできていません。タッカンジョン（揚げ鶏の甘辛ソース和え）を作ってあげたいのだけど。残念。

⑤私を傷つけた人たちに思いきり言い返す

カッコつけたり何ともないふりをすることはやめたのですが、言い返すほうは実行できていません。そうそう、夫にだけは結構言いました。

⑥世界中の本を全部読みたい

これも病状の進行により、なかなか難しくて。

⑦本を1冊書く

この本を含めて、5冊の本をさらに書きました。10冊目を最後に執筆はやめています。ただ、皆さんの役に立てる本が書けたのかはわかりません。

⑧夫と無人島で１週間過ごす

何となく、やってみたいのだけど。まだできていません。

⑨家族一緒に、幸せなクリスマスを送る

孫たちも一緒にクリスマスを過ごしました。満足しています。

⑩来たところに、静かに帰る

そうなりたいと今でも願っています。

最後に、パーキンソン病22年目の患者としてバケットリストについて言及しましたが、これ以上リストにはこだわらないようにしようと思っています。

体の許すまま、命の許すままに、流れるように生きていきたいと思っているからです。さし当たり今日は、お気に入りの服を着て出かけようと考えています。一歩一歩、歩いていけば、また新たな世界を経験するはず。その過程ですてきな人たちに出会えるなら、それはまた、とてもうれしく、幸せなことだと思います。

[著者]

キム・ヘナム

精神分析専門医。1959年、韓国ソウル市生まれ。高麗大学校医科大学を卒業し、国立精神病院（現国立精神健康センター）で12年にわたり精神分析の専門医として勤務。慶熙大学校医科大学、成均館大学校医科大学、仁済大学校医科大学、ソウル大学校医科大学でも教壇に立ったのち、キム・ヘナム神経精神科医院を開業し患者の治療にあたる。開院して１年にも満たない頃、40代前半でパーキンソン病を発症。死を願うほど絶望する日々を過ごすも、「大切な今を台無しにしてはいけない」と気持ちを切り替える。診察を再開する傍ら、投薬治療も開始。仕事、家事、育児にいそしむ日常に戻る。パーキンソン病と闘う精神科医として活躍し、現在は療養に専念している。

ベストセラーの『心理学が30歳に答える』をはじめ、数々の書籍を送り出し、韓国では著書累計100万部超の人気作家として多くの読者の共感を得ている。『もし私が人生をやり直せたら』は2015年に韓国で出版されて以降ロングセラーとして読み継がれ、韓国政府の「世宗図書」にも選定。本書は2022年に発売された増補改訂版の日本語翻訳版である。

[訳者]

岡崎暢子（おかざき・のぶこ）

韓日翻訳･編集者。1973年生まれ。出版社はじめ各種メディアで韓日翻訳に携わる。訳書に『あやうく一生懸命生きるところだった』『どうかご自愛ください』『教養としての「ラテン語の授業」』『人生は「気分」が10割』（以上ダイヤモンド社）、『頑張りすぎずに、気楽に』（ワニブックス）、『僕だって、大丈夫じゃない』（キネマ旬報社）など。編集書に『小学生が知っておきたいからだの話（男の子編／女の子編）』（アルク）などがある。

もし私が人生をやり直せたら

2024年４月２日　第１刷発行
2024年６月６日　第３刷発行

著　者――キム・ヘナム
訳　者――岡崎暢子
発行所――ダイヤモンド社
〒150-8409　東京都渋谷区神宮前6-12-17
https://www.diamond.co.jp/
電話／03･5778･7233（編集）　03･5778･7240（販売）

装丁――――西垂水敦・市川さつき（krran）
装画･本文イラスト――北原明日香
本文デザイン･DTP――岸和泉
校正――――加藤義廣（小柳商店）、円水社
製作進行――ダイヤモンド・グラフィック社
印刷――――勇進印刷
製本――――ブックアート
編集担当――中村明博

ISBN 978-4-478-11781-1